Die Farm der Hühner

Fabelhaftes aus Hessen

Ich wollt', ich wär'
kein Huhn
Dann bräucht' ich's nicht
zu tun.
Ich legte niemals nicht
ein Ei
Und sonntags auch
nicht zwei.

Vorwärts,
Federgenossen!

Es lebe die Farm der Hühner!
Hühner aller Länder,
vereinigt euch!

Luise Link

Die Farm der Hühner

Fabelhaftes aus Hessen
illustriert von
Doris Bauer

Bibliografische Information der Deutschen Nationalbibliothek:
Die Deutsche Nationalbibliothek verzeichnet diese Publikation in der Deutschen Nationalbibliografie; detaillierte bibliografische Daten sind im Internet über http://dnb.dnb.de abrufbar.

TWENTYSIX – Der Self-Publishing-Verlag
Eine Kooperation zwischen der Verlagsgruppe Random House und BoD – Books on Demand

© 2018 Luise Link

Illustration: Doris Bauer

Herstellung und Verlag:
BoD – Books on Demand, Norderstedt

ISBN: 978-3-740-74379-6

Inhalt

Hugo und Erna...9

Was du gezähmt hast, dafür bist du verantwortlich...... 16

Hühnerordnung...19

Beschäftigungsverhältnis.....................................22

Ach, du dickes Ei 24

Das erste Mal...28

Ein guter Hahn ist manchmal fett 31

Wenn der Tag sich bläht......................................34

Hackt's?...35

Hinterm Busch..38

Ein Tag zum Eierlegen 40

Die Letzten werden die Ersten sein.........................42

Erst kommt das Fressen, dann kommt die Moral.........43

Anständig?..44

Nur der frühe Vogel fängt den Wurm 45

Mahlzeit!..47

Haltet die Diebe!.. 50

Den Kopf unterstecken 52

Störfaktor.. 55

Herma... 58

Der erste Sommer 60

Termin 62

Voller Drang... 65

Vom Garten Eden 66

Ob der weiße Flieder wieder blüht?....................... 69

Gute Zeiten 70

Auf dem Lande... 72

Umzug.. 74

Erfahren 75

Schöne neue Welt 77

Hühnerwetter 78

Federn gelassen... 81

Wo eine Tür sich schließt, öffnet sich eine andere...... 86

Ein Tag für Helden.. 88

Heh, Che!	95
Gemeinsam stark	99
Hähne sind Schweine!	103
Konspirativ	105
Versammlung	108
Ernas Traum	112
Der Morgen danach	114
Konvent, Kader, Komitees	118
Nachtgedanken	127
Klappe!	128
Höchste Zeit!	130
Die erste gemeinsame Nacht	138
Der Versuch	140
Donnerwetter	142
Anders rum	145
Was dem eenen sin Uhl, is dem annern sin Nachtigall	146
Endstation	148
Gute Reise	149

Hugo und Erna

Hugo Smaartcock wackelte mit dem Kopf. Was hatte die Große Mutter ihm denn da ins Nest gelegt? Er blickte streng auf Erna Frech. Die hatte ihren Namen bestimmt nicht zufällig! Erna schaute ihn aus vorwitzigen Augen an, senkte weder Kopf noch Blick. Das verhieß nichts Gutes für die zukünftige Gemeinschaft. Jetzt hatte sie auf dem Boden etwas Interessantes, scheinbar Fressbares, entdeckt. Sie begann zu picken, rund um sich herum erkundete sie mit ihrem Schnabel das neue Gelände und wendete ihm mal die Seite, mal den Rücken zu. Ein offensichtliches Fehlverhalten! Diese neue Stallgenossin hatte keine Ahnung, wie man sich beim Appell dem Hahn gegenüber zu verhalten hatte.

„Du dummes Huhn", pfiff Hugo Erna an, „dreh dich gefälligst um, wenn du mit deinem Hahn sprichst."

Erna bewegte sich nach der Zurechtweisung betont langsam in Hugos Richtung, schaute ihn an, allerdings wieder ohne die notwendige Ehrerbietung in Haltung und Auge.

Da musste man etwas deutlicher werden. Hugo pickte Erna drei Mal in ihren Kamm, dann nahm er hinter ihr Aufstellung und signalisierte durch lautes „Goo-goo-gaak, goo-goo-gaak", dass er aufsteigen wolle. Erna blieb aber nicht stehen, sondern rannte ein Stück weit von Hugo weg.

„Bist du verrückt, du dämlicher Hühnervogel?", rief sie. „Ich kenne dich doch überhaupt noch nicht, lass mich gefälligst in Ruhe! Und außerdem habe ich noch nie ein Ei gelegt."

Hugo blickte links, rechts, nach oben, nach unten, wieder wackelte sein Kopf.

„Was hat denn dein Eierlegen mit meinen Wünschen zu tun, gnädiges Fräulein?", fragte er.

„Du liebes Huhn, du raffst aber auch gar nichts. Spielst dich hier als Hahn auf und weißt nicht mal, dass ein Huhn, das noch keine Eier gelegt hat, nicht geschlechtsreif ist. Ich formuliere es mal so: Du würdest dich an einer Minderjährigen vergreifen, kapiert?"

Hugo war einen Augenblick wie auf den Kamm geschlagen, fasste sich aber schnell wieder.

„Um eins richtig zu stellen, Erna, ich spiele mich nicht als Hahn auf, ich bin einer. Und in Kürze werde ich dir das beweisen."

„Wenn du damit meinst, dass du ein Hahn bist, weil du Hühner besteigen kannst, ok, das ist eine weit verbreitete Sichtweise, wenn auch eine etwas altmodische. Hähne müssen nämlich vor allem intelligent sein, weil sie in Hühnergemeinschaften bestimmte Aufgaben haben. Und, ehrlich gesagt, da du schon bei der Hühnerbiologie versagt hast, habe ich so meine Zweifel."

Was sollte Hugo antworten? Zum ersten Mal, seit er von Franziska und der Großen Mutter gerettet worden war, kam wieder dieses komische Gefühl auf, für das er noch keinen endgültigen Namen hatte. Hoffentlich hatten die anderen

Hühner nichts mitbekommen, das würde seine Autorität untergraben. Er drehte sich von Erna weg zum Gehen.

„Hey, Hugo", Erna war plötzlich wieder neben ihm, „nimm's nicht so tragisch. Morgen oder übermorgen lege ich bestimmt mein erstes Ei, ich spüre das, wenn du weißt, was ich meine."

Hugo war sofort besänftigt. Ab morgen oder übermorgen also. Wär ja auch noch schöner wie schön! Bisher war ihm noch jedes Huhn zu Willen gewesen! Er hatte nie fragen müssen, im Gegenteil. Hier, in seinem Hühnermobil, existierten Listen, die er jeden Tag abarbeiten musste. Andererseits – dass er warten musste, gefiel ihm sogar ein bisschen. Das leichte süße Leben war ihm schon öfters langweilig erschienen. Die Aussicht, Erna am Ende herumkriegen zu können, spornte ihn an. Er richtete sich zu voller Größe auf. Sein Kamm schwoll, er schlug ein, zwei Mal mit den Flügeln.

„Machen wir jetzt die ‚Tour de maison', Hugo?", fragte Erna, sichtlich unbeeindruckt.

Hugos Kamm fiel schlapp zur Seite. Was meinte sie? Er verstand Erna schon wieder nicht.

„Hab dich erwischt, du sprichst kein Französisch, stimmt's? Also, dann nochmal, zeigst du mir jetzt die Farm? Ich bin doch heute den ersten Tag hier in meinem neuen Heim, du würdest mir eine Freude machen."

Geht doch, dachte Hugo, so ganz allmählich wird sie netter. Ein bisschen schmeicheln seinerseits wäre sicher nicht verkehrt.

„Also, Erna, ich sehe, du bist ein besonderes Huhn. Natürlich führe ich dich erst einmal herum."

Erna gesellte sich an seine Seite. Sie roch gut nach frischem Sand.

„Zunächst einmal", Hugo plusterte sich auf, „dein neues Heim ist keine Farm. Unsere Betriebsgröße ist für eine Farm zu gering, die Große Mutter bezeichnet das, was du hier vor dir siehst, als Hühnermobil."

Erna blickte neugierig auf die Hühner, die sich jetzt um Hugo herum zu versammeln begannen.

„Wie viele Hühner hast du denn unter dir, Hugo?", fragte sie keck.

Hugo überhörte die kleine Spitze.

„Die Große Mutter sagt, ich beaufsichtige momentan zweihundertvierzig Hühner", antwortete er stolz. Schnell, damit Erna nicht wieder lästige Fragen stellen konnte, fuhr er fort:

„Unser Hühnermobil heißt so, weil es nach einer gewissen Zeit zu einem neuen Gelände gezogen wird, wo es dann für uns Hühner wieder schöner ist. Es ist halbautomatisch, auf dem allerneuesten Stand der Technik. Die Klappe öffnet sich morgens ziemlich früh, dann können wir auf dem Gelände picken, uns im Sand baden, nach Fressen suchen und ansonsten unserem anderen Spaß nachgehen, wenn du weißt, was ich meine. Wenn es dunkel wird, je nach Jahreszeit, schließt sich die Klappe. Du musst also bei einbrechender Dunkelheit an deinem neuen Heim sein, sonst hast du Pech gehabt."

„Wieso Pech gehabt, dann kann ich doch die ganze Nacht die schöne Freiheit genießen", warf Erna ein.

„Du täuscht dich mal wieder über die Gegebenheiten, mein Kind. Auch wenn wir durch einen elektrischen Zaun geschützt sind, kann uns von oben der Habicht holen oder der Fuchs gräbt sich ein Loch unterm Zaun. Da kann ein Hühnchen ganz schnell gefressen werden."

„Meinst du nicht, deine Große Mutter hat den Zaun aus anderen Gründen gebaut?"

Hugo blickte Erna nach dieser Frage wieder so streng wie möglich an. Sie sollte endlich damit aufhören, er würde einfach nicht antworten!

„Wenn ich morgen mein erstes Ei legen will", lenkte Erna nach einer Weile Schweigen ein, „habe ich denn da ein Nest?"

„Natürlich, du Dummerle", Hugo beeilte sich bei der Antwort, „es ist sogar mit Dinkelspelz ausgelegt, da kannst du es dir richtig gemütlich machen."

Erna blieb stehen, blickte Hugo aufmerksam an.

„Nehmen wir einmal an, ich hätte Lust zum Abhauen. Ist es den Hühnern im Hühnermobil erlaubt, zu kommen und zu gehen oder zu verschwinden, wie sie wollen? Sind die Hühner hier auch mobil?"

Bei diesen Fragen fühlte sich Hugo erneut unbehaglich. Die Große Mutter gab den Hühnern und ihm, dem Hahn, doch wahrlich große Freiheiten, wenn er das mit seinem früheren Logis verglich. Aber Hühner sind nun mal Hühner und haben eine Bestimmung, versicherte er sich. Über völlige Freiheit – nein, da hatte selbst er, der Hahn, noch nie nachgedacht. Obwohl er schlimme Geheimnisse kannte, die er niemals den Hühnern verraten würde, Erna schon gar nicht. Warum sollte man sich das Leben durch zu viel Wissen komplizieren? So vergleichsweise gut bescherte die Große Mutter es ihren Hühnern hier. Über grenzenlose Freiheit nachdenken – nein, das würde er auch zukünftig nicht tun.

„Wenn man irgendwo neu ist, sollte man nicht so naseweis sein", belehrte er Erna. „Man sperrt erst einmal Augen und Ohren auf, lernt von den Erfahrenen, dann kann man irgendwann auch selbst den Schnabel aufmachen."

Ihm war alle Lust zur Tour endgültig vergangen. Er stolzierte davon. Er würde sich anderweitig zu trösten wissen.

Was du gezähmt hast, dafür bist du verantwortlich

Als Hugo gegangen war, fiel aller Vorwitz und aller Wagemut von Erna ab. Ein lähmendes Gefühl, der gläserne Käfig. Am Morgen, beim gemeinsamen Frühstück mit Betty, hatte er sich zum ersten Mal über sie gestülpt.

„Erna", hatte Betty gesagt, „für mich sind die Ferien morgen um. Da habe ich einfach keine Zeit mehr, mich den ganzen Tag um dich zu kümmern. Und weißt du was: Ich habe ein ganz tolles neues Zuhause für dich gefunden. Hier bei uns im Dorf gibt's ein Hühnermobil. Da leben ganz, ganz viele Hühner, da bist du unter deinesgleichen und hast Gesellschaft. Da könnt ihr zusammen picken, spielen, na ja, so alles, was Hühner wie du gerne machen. Das wird bestimmt ein schöner Sommer für dich! Und dir ist ja klar, dass ich dich vorbereitet habe. Überleg mal, was du schon alles über das Hühnerleben weißt!"

Was hätte Erna nicht gern alles entgegnet!

„Glaubst du, ich will jetzt auf einmal mit irgendwelchen dummen Hühnern zusammen sein? Mir reicht die Hühnertheorie völlig. Du bist meine Mama, ich will bei dir bleiben. Was soll ich mit den Kurz-Zweibeinern reden? Die gackern bestimmt nur und haben von nichts einen Schimmer. Und an ein Zitat aus dem schönen Büchlein „Der kleine Prinz", aus dem Betty abends immer vorgelesen hatte, daran hätte sie ihre Mama auch gerne erinnert.

„Was du gezähmt hast, dafür bist du verantwortlich."

Aber Betty hatte so entschlossen ausgesehen, was sie sagte, schien so endgültig, dass Erna jeden Versuch, sie umzustimmen, für aussichtslos hielt. Sie hatte geschwiegen.

Diese Lang-Zweibeiner, oder vielmehr, was Betty betraf, diese Mittellang-Zweibeiner, die waren vielleicht gar nicht so lieb und so nett, wie Erna bisher gedacht hatte.

Während sie sonst immer auf Bettys Schulter gesessen hatte, wenn sie ausgingen, wurde Erna heute in eine Plastiktüte mit Löchern gesteckt. Die schaukelte bei jedem Schritt, den Betty tat, hin und her. Nach einer Weile war Erna ausgepackt worden, eine Lang-Zweibeinerin sprach kurz mit der kleinen Mama. Die sagte:

„Tschüs, Erna, lass es dir gut gehen" und strich ihr über den Kopf. Am Schluss war sie davongeeilt.

Die Lang-Zweibeinerin – Betty hatte „Frau Bellersheim" zu ihr gesagt –, die hatte sie unter den Arm gesteckt, war eine Wegstrecke mit ihr gegangen, hatte sie unter die Füße gefasst und auf eine eingezäunte Wiese flattern lassen. Hier saß Erna gerade jetzt, in der äußersten Ecke.

Und dort schien es sich für sie alles andere als erquicklich zu entwickeln.

Hühnerordnung

„Was willst du denn hier?"

Vor Erna stand ein dickes Huhn, umringt von einer zahlreichen Hühnerschar. Aus strengen Augen blitzte das Federvieh Erna böse an.
„Kannst du dich irgendwie ausweisen?"
Was meinte dieses merkwürdige Wesen denn damit? Hühner haben doch keinen Personalausweis, dachte Erna. Jedenfalls hatte Betty nichts davon erwähnt.
„Zeig her, deine Füße!", forderte das böse Huhn Erna barsch auf.
„Soll ich Ihnen beide Füße auf einmal oder nacheinander zeigen, Frau Oberhuhn?", gackelte Erna leise und schaute dabei die anderen Hühner

verschmitzt an. Sie hatte ihre Fassung wiedergewonnen.

„So eine blöde Frage habe ich noch nie gehört. Nacheinander natürlich, sonst fällst du ja hin, du Küken!"

„Hugo war sich da aber durchaus nicht so sicher. Dass ich ein Küken bin, meine ich. Jedenfalls hat er sich nicht so benommen."

Erna zeigte erst das nackte linke Bein, dann das ebenso unbekleidete rechte vor. Frau Oberhuhn nahm Ernas Beine in Augenschein, dann drehte sie sich zu der Hühnerschar um und plusterte sich zu Hahngröße auf.

„Ich, Herma, die Große, habe es euch gleich gesagt."

Sie schlug drei Mal mit den Flügeln.

„Sie ist gar nichts. Sie hat keinerlei Rasse. Sie ist bestimmt bloß eine Legehenne, genau wie ihr. Nichts davor und nichts dahinter. Sie ist gänzlich unberingt, sie hat nicht mal einen Spiralring, geschweige denn einen Bundesring um. Und so klein wie ein Zwerg ist sie auch noch."

Herma stakste zwei, drei Schritte in Ernas Richtung, stellte sich hinter sie, schlug noch einmal mit den Flügeln und stieg auf. Sonst nichts. Die Hühnerschar glotzte. Herma stieg herunter, ahmte einen, ziemlich missglückten, Hahnenschrei nach, „ka-cke-ri-kii, ka-cke-ri-kii", und zischte Erna zu:

„Was Hugo meint und will oder nicht, das ist mir völlig egal. Ich bin mein eigener Herr, merk dir das!"

Sie pickte nach diesen Worten das eine oder andere Huhn in den Kamm, riss ein paar anderen ein, zwei Federn aus.

„Folgt mir, sofort!", befahl sie und stolzierte, gefolgt von der untertänigen Hühnerschar, aus der Ecke, in der Erna ziemlich entgeistert saß.

Wenn das mal nicht eine schnelle Offenbarung gewesen war! Erna war erst seit dem Morgen hier, die Sonne war seitdem kaum gewandert und trotzdem war schon das gesamte Organigramm der Hühnergesellschaft entschlüsselt:

Hugo stand zwar an der Spitze der Pyramide, war aber aufgrund der Hühnerzahl mit seiner Aufgabe völlig überfordert. Es hatten sich, vermutlich mehrere, zu Unterherrschern aufgeschwungen, Eine davon, die dicke Herma, hatte Erna gerade kennengelernt.

Erna sah mit einigem Bangen dem Sonnenuntergang entgegen. Dann würde sich die vollautomatische Klappe schließen und ab da hieß es dann „Geschlossene Gesellschaft" und „Gute Nacht".

Beschäftigungsverhältnis

Hugo hatte seine Verärgerung und Verunsicherung, die Ernas aufmüpfiges Verhalten bei ihm verursacht hatte, mit seinen Lieblingsbeschäftigungen behandelt. Er fühlte sich besser. Allerdings ein wenig erschöpft, wie so oft in der letzten Zeit.

Wenn er auch ein Hahn im besten Alter war – die Zahl der Hühner, die er zu beaufsichtigen und zufriedenzustellen hatte, war erheblich. Vierundzwanzig Hühner, die hätten ihm eigentlich gereicht. Das Mannigfache trug zwar zu seiner Machtfülle bei, schmeichelte auch seinem Ego, aber da gab es Herma. Und die war in der letzten Zeit ziemlich frech geworden und spielte sich als Hahn auf. Noch so viel Picken und Zwicken, seine vielen Versuche, bei ihr aufzusteigen

– sie hatten alle nichts genützt. Herma machte ihm Konkurrenz und hatte ihm schon so manches Huhn abspenstig gemacht. Ob er die Große Mutter auf seine Beschäftigungssituation aufmerksam machen sollte? Sollte er zugeben, dass er manchmal müde, ausgelaugt war? Dass er Entlastung brauchen könnte? Oder ob er vielleicht Erna ins Vertrauen ziehen sollte? Sie schien ihm ein kluges Huhn zu sein, sogar gebildet und den anderen Feder-Zweibeinern überlegen. Vielleicht wüsste sie einen Rat. Andererseits wäre das ein Eingeständnis seiner Schwäche – und das konnte man sich gegenüber Zweibeinern, die weiblichen Geschlechts waren, ohne Machtverlust nicht erlauben. Hugo verwarf beide Erwägungen. Auch die federlose Große Mutter würde er nicht ansprechen. Er wusste ja, was jeden Herbst passierte. Warum sollte sie Hemmungen haben, ihn, den in die Jahre gekommenen Hahn, nicht genauso zu behandeln wie ihre Hühner?

Das Gefühl, für das Hugo immer noch keinen Namen hatte, jetzt war es wieder da. Er musste sich hinter den Hagebuttenstrauch zurückziehen, da würde ihn niemand vermuten, keiner suchen und niemand finden.

Die Große Mutter, Erna, seine Hühner – sie konnten ihm heute alle mal gestohlen bleiben.

Ach, du dickes Ei

„Ki-ke-ri-ki, Ki-ke-ri-ki", aus einem Schnabel, der ganz in seiner Nähe sein musste – weckte Hugo aus seinem Traum.

Der war erst wunderbar gewesen, dann allerdings schnell zu einem Alptraum mutiert. Erna hatte ihm das Ja-Wort gegeben, sie hatten Hochzeit gefeiert. Danach hatte sie blitzschnell damit angefangen. Sie wolle ihn, den Hugo, ganz für sich alleine haben. Er müsse seine Beziehungen zu den anderen Hühnern sofort beenden. Hugos Erklärung, Hähne seien zur Monogamie nicht geeignet, nur Hennen seien dazu bestimmt, hatten Erna nicht überzeugt. Sie war in Kampfstellung gegangen und hatte ihn vor aller Augen mehrfach in den Kamm gepickt und ihm sogar mehrere Federn ausgezwickt. Der laute Hahnenschrei beendete also Hugos Alptraum, warf aber neue Probleme auf.

Hugo richtete sich zu voller Größe auf, verließ sein Hagebuttenstrauch-Versteck, um die Lage in Augenschein zu nehmen. Im Zentrum der Hühnermobilwiese stand, lächerlich eitel aufgeplustert, wie Hugo fand, ein Hahn.

Um ihn herum waren Hühner versammelt, Hugos Hühner. Wieder erschallte dieses eingebildete „Ki-ke-ri-ki, Ki-ke-ri-ki.". Der Eindringling schlug mit den Flügeln, dann schickte er sich an, Hugos Lieblingsbeschäftigung nachzugehen, mit seinen Hühnern! In einiger Entfernung stand die Große Mutter mit einem federlosen Lang-Zweibeiner mit eisgrauem Kopfschmuck, den Hugo hier noch nie gesehen hatte. Beide unterhielten sich und beobachteten das Treiben. Hatte die Große Mutter ihm einen Nebenbuhler vor den Schnabel gesetzt? Wollte sie ihn ausbooten, ihn aussortieren, weil er in die Jahre kam? Er würde es allen beweisen, hier und jetzt, dass er nicht zum alten Eisen gehörte.

Auf leisen Krallen schlich er sich an den Kontrahenten heran, die Hühner, die eben noch den Neuen umringt hatten, stoben zur Seite.

Hugo nahm Stellung gegenüber dem Eindringling und senkte den Kopf. Sein Halsgefieder spreizte sich, er fixierte stumm sein Gegenüber. Es war jetzt so still auf der Wiese, dass man einen pickenden Schnabel hätte hören können.

Warum senkte der Neuling nicht auch seinen Kopf? Warum wackelte er stattdessen nur damit hin und her, um Hugo von oben bis unten entspannt zu betrachten. Was war denn das für ein komischer Vogel?

„Na, Berschje, hawwe mer Bock, uns ze kabbele? Des is ned needisch, mer wern uns ned ins Geheje komme. Isch hab nur so due misse, als ob isch en Druffgänger wer. Mein Babba, der steht dohinne, der hat misch abgewwe, weil er de Hingelzucht ned meh schafft. Unn die Fraa neewer ihm, isch kennt mer vorstelle, dass die mit mer en kurze Brozess mecht, wann se merkt, des isch gor nix meh druff hab. Isch sach jo – kobuliern, wann mer Lust hat, des is kaa Kunst, awwer simuliern, wann mer kaa hat, des is e Broblem. Also, Berschje, mach der kaan Kobb. Des aanzische, des wo mir wischtisch is, is, desde misch ned erscherst, des de misch in de Ruh lässt."

Die versöhnlichen Worte des Neulings ließen die umstehenden Hühner augenblicklich weiter abrücken. Mit diesem Loser, da würde man sich nicht abgeben. Der sollte sich ja nichts mehr einbilden.

Als alle Hühner weg waren, machte der Neuling einen formvollendeten Kratzfuß und verneigte sich.

„Isch däd misch dann noch gern bei Ihne vorstelle. Carolus mein werde Name. Carolus magnus, wann Se mein vollständische Name wisse due wolle. Wann mer uns irschendwann bessa kenne, derfste misch Kall nenne."

Er trollte sich davon.

Hugo hätte jetzt eigentlich erleichtert sein müssen. Nebenbuhler – Fehlanzeige, Entlastung aber eben auch. Ein nutzloser Fresser, der es sich gutgehen lassen wollte. Hugo blickte zur Großen Mutter. Ob er von ihrer Unterhaltung mit dem Eisgrauen noch etwas mitbekommen konnte? Er flog einige Schritte.

„... kann ihn bis zum Herbst behalten, Herr Dönges. Aber Sie haben ja gesehen, Aufgaben kann Ihr alter Gockel hier wirklich nicht mehr übernehmen. Geben Sie mir für die restlichen sechs Monate dreißig Euro für das Futter, Sie wissen ja, wieviel so ein Riese vertilgt, mit dem Endverkaufspreis komme ich dann plus minus null heraus", hörte Hugo die Große Mutter sagen.

Der Lang-Zweibeiner zog ein Portemonnaie aus seiner Hosentasche, übergab der Großen Mutter drei Scheine, schüttelte ihre Hand, schaute lange in die Richtung, in der der alte Gockel verschwunden war und trottete davon.

„Na, Hugo, noch alles ok?", fragte die Große Mutter.

Hugo deutete ein Nicken an.

Er hatte die Drohung verstanden.

Das erste Mal

Betty hatte es Erna prophezeit.

„Beim ersten Mal tut's noch weh. Danach wird's aber besser, bis du es nicht mehr spürst", hatte sie gesagt.

Erna fühlte es. Das Ei in ihrem Leib machte sich schon einige Zeit bemerkbar, wollte heraus. Erna suchte nach dem Nest mit dem Dinkelspelz. Nach einem kurzen Satz in die Höhe landete sie. Das war wirklich schön, das Nest! Ganz weich und sauber! Erna breitete die Flügel aus, gack-gack-ga-gack, kuschelte sich in die weiche Unterlage und überließ sich dem wohlig warmen Gefühl in ihrem Körper. Mit einem Hahn Flitterwochen feiern, sieben, acht Mal ein Ei legen, alle sammeln und eng zusammenschieben, dann aufs Nest setzen und brüten. Und anschließend Glucke sein, mit ganz vielen wollig-weichen Küken.

So hatte es Betty erklärt.

Erna wartete. Die Sonne war ein ganzes Stück gewandert. Das wohlig-warme Gefühl war verschwunden und hatte einem gigantischen Druck in ihrem Körper Platz gemacht. Und Schmerz. Ob sie Hugo herbeigackern sollte? Der wusste bestimmt, was es mit all dem auf sich hatte. Und Rat, den wüsste er bestimmt auch.

„Hu-goo, Hu-goo."

Aber Hugo erschien nicht. Stattdessen flog nach einiger Zeit Herma neben ihr ins Nest.

„Das, was du hast, Kindchen, nennt man Legenot", erklärte sie. „Ist ein ziemlich ernster Tatbestand. Wenn du Pech hast, sitzt das Ei so quer, dass du stirbst."

„Was meinst du denn damit, Herma? Mit ‚dass du stirbst'?"

„Also, da lachen ja die Hühner! Hast du noch nie ein Huhn kennengelernt, das irgendwann regungslos neben dir lag. Oder Hühner, die am Morgen plötzlich verschwunden waren?"

„Nein, Betty hat mir auch gar nichts davon erzählt. Nur Hugo, der hat gesagt, dass Hühner manchmal vom Habicht oder Fuchs gefressen werden. Dann sind sie ja auch verschwunden – und gestorben."

„Na ja, außer Fuchs und Habicht gibt's für uns Hühner auch noch andere Möglichkeiten. Aber, beruhige dich einfach, manchmal rutscht das Ei auch noch raus. Wenn die Große Mutter hier wäre, könnte sie deinen Bauch ein bisschen massieren. Das wäre hilfreich. Aber damit ist nicht zu rechnen, sie war ja vor kurzem erst hier, da kommt sie lange nicht wieder. Gesetzt also den unwahrscheinlichen Fall, das Ei würde doch noch rausrutschen, dann blutest du zwar ein bisschen, aber vor dem nächsten Mal bräuchtest du dann schon fast keine Angst mehr zu haben. Der Legeweg wäre ab da frei. Toi, toi, toi, gelle?", gackelte sie und hopste runter und raus vom Nest.

Eine Ewigkeit schon schienen die Schmerzen zu dauern, als Erna plötzlich doch noch Bewegung verspürte. Einen Augenblick später – und ihr blutverschmiertes erstes Ei lag im Nest.

Glück stell ich mir anders vor, dachte Erna. Sie hüpfte aus dem Nest und tippelte zum Hagebuttenstrauch.

Ein guter Hahn ist manchmal fett

Erna machte sich ganz klein, um unter die tiefhängenden Zweige des Strauchs zu gelangen. Das Versteck war jedoch durch eine dicke runde Federkugel besetzt.

Erna wollte sich schon wieder entfernen, als ein Kopf aus dem Federgewirr auftauchte.

"En Guude. Was fier e Siesesje hawwe mer dann do? Do kennt jo selbst so en aale Goggel wie isch ins Dräume kimme. Haste dann aach en Name, klaa Frollein?"

„Schon wieder so ein komischer Hühnervogel", seufzte Erna, mehr zu sich selbst.

„So jung unn so schie, unn so schleschte Erfahrunge haste schoo? Hogg disch emol zu dem aale Mistkradzer, der will der gar nix due, dä kann's nämlisch ned meh. Misch solle de Hingel und de Giggel aach nur noch in de Ruh losse, da bin isch schon zefriere."

Erna warf einen Blick auf den freundlichen Hahn und quetschte sich an seine Seite.

„Na, wie is es? Willste mer's dann verrade, wie de haaßt?"

„Ich heiße Erna. Erna Frech."

„Ga-ga-ga-ga-ga", lachte der Dicke. „Wer hat der dann so'n Nachname gebbe? Des muss ja en richtische Egel gewese sei!"

„Ich muss Sie doch bitten, Herr Hahn. Dort, wo ich herkomme, ist ‚Frech-sein' ein Kompliment. Es heißt ‚neugierig sein', herausfinden wollen, was die Hühner-Welt im Innersten zusammenhält. Und den Namen hat mir meine liebe kleine Mama Betty gegeben. Ich bin nämlich ein Haus-Huhn."

„So, so. Aha."

Der Dicke wackelte mit dem Kopf hin und her.

„Unn, was denksde dann in deim klaane Owerschdibbsche, was für e Hingel isch bin?"

„Ich hatte meine Kinderstube in einem Haus, darum bin ich ein Haus-Huhn. Sie sind vermutlich auf einer Wiese wie dieser aufgewachsen, also sind Sie höchstwahrscheinlich ein Wiesen-Huhn."

„So, so. Aha. Vielleischt hasde dein Name doch ned ganz ze Unrecht. E bissie nasweis, des biste schoo. Unn e bissie ze stolz, des biste aach."

„Man kann Sie ja manchmal kaum verstehen, Herr Hahn", bemerkte Erna, „da müssen Sie sich nicht wundern, dass man Sie für ein Wiesen-Huhn hält."

„Ernasche, du hast wirklisch noch de Eierschal hinner de Ohrn hänge. Alles, was de hier rumhibbe und rumflieje siehst, san Haus-Hingel. Unser Urahne, die sann Wald-Hingel gewese. Die warn noch wild gewese unn hawwe nur zwanzisch Eier im Johr gelejt. De Mensche dademals, die hawwe sisch so wild Wald-Hingel gefange unn hawwe se gezähmt unn ans Haus gebunne. Unn dadeweesche haaße mir Haus-Hingel. Unn de Henne leje jetzt meh wie zweihunnert Eier in aam aanzische Jahr. Von annere Verännerunge gar ned ze schwetze, ned wahr?"

„Dann gehe ich also recht in der Annahme, dass Sie ein männliches Haushuhn sind, welches sich vorwiegend auf Wiesen aufhält und eine andere als die Hühnerstandardsprache spricht?", wollte Erna wissen.

„Ma sollt Hingel ned unnerschädze, die wo so schwedze due, wie en der Schnaawel gewachse iss. Isch, zum Beispiel, bin e Brahma-Hingel, de Gigant unner de Haus-Hingel, en eschte Nachfahr von de asiatische Bankiva-Hingel. Unn mit meim Babba, den de heid häddst uff de Wies sehe könne, weil der misch had herbringe misse, dadeweesche, weil der endgildig ze alt is fiers Hingel-Züschte, mit dem hab isch unzählische Preis gewonne, von dene du, Ernasche, nur dräume kannst. Unn, waasde was, jetzt gehsde widder weg, isch will nämlisch e Niggersche mache. Mer sieht sisch."

Herr Hahn steckte seinen Kopf unter seine Flügel. Erna war entlassen.

Wenn der Tag sich bläht

Noch nie in ihrem kurzen Leben war Ernas Tag so voll von Ereignissen gewesen. Ein neues Zuhause, ein erster Verehrer, das erste gelegte Ei, neue Begegnungen mit merkwürdigen Hühnergenossen. Ein Tag wie sonst zehn! Den Tagen Leben, nicht dem Leben Tage geben, das hatte Betty gesagt. Jetzt ahnte Erna, was sie damit gemeint haben könnte.

Die Sonne war nun ganz viel gewandert, stand tief über dem Horizont. Wenn Erna mit den Hühnern schlafen gehen wollte, musste sie sich beeilen. Bald würde sich die vollautomatische Klappe schließen, und wer dann nicht im Hühnerstall war, würde vielleicht in der Nacht vom Fuchs gefressen werden.

Hackt's?

Wieviel Zeit man doch brauchte, um sich in eine Hühnerschlange einordnen zu können. Lange würde das Hühnermobil nicht mehr offen stehen, die Sonne war im Begriff unterzugehen. Jedes Huhn, das sich nach Erna angestellt hatte, hatte ihr einen Stoß zur Seite versetzt und sie, um dem Schubs Nachdruck zu verleihen, in den Kamm gehackt. So war sie gezwungen gewesen, sich immer und immer wieder hinten einzureihen. Jetzt war nur noch ein einziges Huhn vor ihr. Im allerletzten Moment bevor die Klappe schloss, rutschte Erna mit einem Hops in den Schutz vor der gefährlichen Welt da draußen.

Auf mehreren übereinander angebrachten langen Stangen hier drinnen saßen schon viele Hühner, dicht aneinander gedrängt. Auf einem strohgefütterten Sitzbrett über allen saß Hugo. Auf einer oberen Stange konnte Erna Herma ausmachen, sie hatte die Augen schon geschlossen. Eigentlich waren alle Stangenplätze besetzt, trotzdem fanden die letzten Hühner vor Erna noch irgendwie einen Ort zum Schlafen. Hier wurde ein bisschen zusammengerückt, da machte man sich ein wenig dünn, wenn das Ganze auch nicht völlig ohne Feder-Ausreißen und Auf-den-Kamm-Hacken vonstattenging. Oben bei Hugo, da war allerdings noch richtig viel Platz. Ob Erna hinauf hüpfen sollte? Hugo hatte die Augen offen, Ernas fragender Blick wurde scharf erwidert, Hugos Halsgefieder sträubte sich etwas. Unschlüssig verharrte Erna einen Augenblick auf dem Boden des Hühnermobils. Dann fasste sie sich ein Herz und hopste auf die winzige letzte Lücke einer der unteren Stangen. Ihre neue Nachbarin schien über die neue Nachbarschaft wenig erfreut. Sofort richtete sie sich steil auf, pickte Erna in den Kamm, schubste sie hinunter. Das ganze Procedere wurde von einem wütenden Konzert der anderen Hühner begleitet. „Ääk-ääk-ääk, agack-agack-agack, eckeck-eckeck-eckeck und gack-gack-gack."

Noch zwei Mal das Gleiche – dann durfte sich Erna endlich, mit ganz eng angelegtem Gefieder, in die winzige Lücke quetschen.

Als sie so endlich ihren Platz gefunden hatte, ließ Hugo drei Mal seine Flügel klatschen, das Gegacker verstummte, Hugo krähte zwei Mal, Ende der Auseinandersetzung. Bei denen hackt's doch, fand Erna.

Sie hatte ordentlich Federn gelassen, aber auch eine Menge gelernt.

Hinterm Busch

Karl hatte erst gar nicht den Versuch gemacht, ins Hühnermobil hineinzukommen. Mit seiner Körperfülle, in seinem Alter, war das Hinaufsteigen, auf was auch immer, zu beschwerlich geworden. Er würde sich hinterm Busch halten.

In der Liegekuhle, die er mit seinen Füßen gescharrt hatte, würde die Nacht vermutlich ruhig und ungestört vergehen. Was wohl sein Babba, der alte Herr Dönges, heute ohne seine Hühnerfreunde machte? Jeden Abend hatte er ihnen Gute Nacht gesagt. Jetzt, wo er ihn abgegeben und irgendeinem unklaren Schicksal überlassen hatte, da war sich Karl gar nicht mehr so sicher, dass Menschen und Hühner Freunde sein konnten. Freunde mussten doch gleichberechtigt sein, der eine konnte nicht über den anderen bestimmen. Aber das hatte der Babba doch getan, indem er ihn der Frau übergeben hatte.

Zu dieser Frau, zu der hatte Karl kein Vertrauen. Die hatte ihre Hühner nicht zum Vergnügen, die würde rechnen können. Dass er alt, zu alt für irgendwelche Aufgaben war, das hatte sie natürlich mitbekommen. Ob das Geld, das Herr Dönges ihr zugesteckt hatte, für sein Gnadenbrot war? Wie lange würde das Gnadenbrot dauern? Ach, war doch alles egal. Er, Karl der Große, hatte ein schönes und bedeutsames Leben gehabt. Das Ende sollte nur nicht allzu schrecklich werden, das war der einzige Wunsch und die einzige Hoffnung, die Karl noch hegte. Seine Augendeckel klappten zu und unversehens war er im Reich der Hühnerträume gelandet.

Krr, krr, rr, rr.

Damit hat Herr Dönges immer gesägt. Karl weiß nicht, wie die Maschine in der Menschensprache heißt. Ein kreisrundes Sägeblatt mit scharfen Zähnen dreht sich. Auf dem Tisch hat der Babba Holzplatten und Latten ausgebreitet. Die führt er zu dem gefräßigen Kreis. Der jault und kreischt, wenn er das Holz zu fassen kriegt. Ratsch, alles ist zerschnitten und zerteilt. Jetzt liegt Karl auf der Unterlage, zwei große Hände halten ihn fest. Die Hände schieben Karl langsam näher, in die Richtung der rotierenden Metallscheibe. Gleich wird sie Karls Hals erreichen und seinen Kopf mit einem geraden Schnitt fein säuberlich abtrennen.

War da Lärm vom Dorf? Karl war plötzlich hellwach. Aber er erinnerte sich ganz genau an seinen Alptraum. Würde so sein Leben enden? Vielleicht auch das der anderen Hühner? Einen Stall für den Herbst, wenn die Hühnergesellschaft ihre Federn ließ und im Warmen ihr neues Gefieder anlegen konnte – danach hatte er beim Herkommen vergeblich Ausschau gehalten. Seine neuen Mitbewohner schienen Eierhühner zu sein. Die legten im ersten Jahr am besten, dann ging's bergab. Kopfab?

Karl war entschlossen, Hugo und seinen Mithennen nichts von seinem Traum und seinen schlimmen Gedanken zu erzählen. Er würde alles schön hinter dem Busch halten.

Ein Tag zum Eierlegen

Den Rest der Nacht hatte Karl doch noch gut geschlafen. Jetzt legte sich eine fast sommerliche Morgensonne auf sein Gefieder. Von allen Seiten erscholl ein Konzert zwitschernder Vogelmusikanten. Er lüftete die Flügel, nahm eine Nase des Frische-Luft-Parfüms und verließ sein Hagebuttenstrauchversteck. Er freute sich auf ein gutes Frühstück.

Karl musste sich beeilen. Die besten Käfer und Würmer würde er finden, solange seine neuen Hühnergenossen nicht neben ihm scharrten und pickten. Gleich würde sich bestimmt die Klappe des Hühnermobils öffnen und seine Nahrungskonkurrenten in die Fressfreiheit entlassen.

Oh, wie war der Tisch heute Morgen so reichlich gedeckt! Zwei saftige Regenwürmer, drei wunderbar schmeckende Käfer ganz speziellen Aromas, eine weiche Schnecke, als Beilage einige Getreidekörner vom Vortag – ein schmackhaftes, nahrhaftes Frühstück, das Karls Laune mächtig aufpeppte und ihm erheblichen Auftrieb verlieh.

Als die Klappe sich öffnete, war Karl schon lange satt und zufrieden. Er würde sich jetzt ein Sandbad suchen. Gestern Abend hatte er schon einige Sandkuhlen entdeckt. Der Wellnessfaktor auf dieser Hühnermobilwiese war beträchtlich und ließ ihn alle Bedenken, Sorgen und trüben Zukunftsgedanken vergessen. Und außer gut Fressen und Sandbaden gab's ja auch noch eine andere Lieblingsbeschäftigung. Daran erinnerte sich Karl jetzt wieder. Aller guten Dinge waren ja eigentlich drei.

Die Letzten werden die Ersten sein

Seit einigen Minuten schon war Spektakel im Hühnermobil. Ein monotones Geräusch, ganz langsam öffnete sich die Klappe. Das Huhn neben Erna war sofort in Bewegung, gab ihr einen kräftigen Schubs, so dass Erna vor allen anderen, die von oben und von den Seiten herausdrängten, als erste in die Freiheit der Wiese gelangte.

Was für ein herrlicher Morgen! Sonne am Himmel, kein Wölkchen, nicht zu heiß und nicht zu kalt, frische Luft satt.

Betty hatte Recht gehabt. Das würde bestimmt wieder so ein Tag werden, wo man den Tagen Leben geben konnte.

Erst kommt das Fressen, dann kommt die Moral

„Körnerfrühstück gibt's erst um elf".
Hugo stand neben Erna und sah sie aufmerksam an.

„Ich hab aber Hunger, jetzt. Das war doch eine lange Nacht." Erna klang verzweifelt.

„Ich könnte dir die besten Würmer zeigen. Und wo Käfer sind, das verrat ich dir auch, wenn du mit mir mitkommst", lockte Hugo.

„Meinst du damit, dass du Würmer und Käfer fressen willst?"

Erna schaute Hugo entgeistert an.

„Ja, was dachtest du denn? Soll ich die Würmer und Käfer vielleicht liebkosen? Würmer und Käfer sind pures Eiweiß, Dummchen, Aminosäuren, B-Vitamine, Eisen. Wie willst du denn sonst in der Mauser ...?"

Hugo stoppte mitten im Satz. Am liebsten hätte er sich sofort auf den Schnabel gebissen. Dieses Fass aufzumachen, das musste unbedingt vermieden werden, vor allem bei Erna, diesem verwöhnten, naiven Hühnchen mit dem taghellen Verstand.

Ihr schien aber nichts aufgefallen zu sein. Sie plapperte sofort weiter.

„Ich verzehre keine Mitgeschöpfe, meine Mama Betty auch nicht. Man frisst keine Geschwister, damit man einen Augenblick seinen Fresstrieb befriedigen kann. Wer seine Brüder und Schwestern frisst, hat keine Ethik, ist unmoralisch, hat kein Gewissen, verstanden?"

Erna schaute Hugo trotzig an. Irgendwie wirkte sie naseweis und dabei völlig überheblich.

„Weißt du was, Erna? Wer im Leben ständig alles hinterfragt, der hat keinen Spaß und für seine Umgebung ist er eine einzige Anstrengung. Ich geh jetzt anständig frühstücken und dann suche ich mir ein unkompliziertes Huhn. Dir wollte ich eigentlich heute Morgen ein unmoralisches Angebot machen, aber du bist eine richtige Spaßbremse."

Sprach's, drehte Erna den Rücken zu und ließ sie verblüfft und hungrig zurück.

Anständig?

Hugo war ein richtig blöder Hühneraffe, fand Erna. Den würde sie bestimmt nicht als Vater ihrer Küken auswählen. Extrem polygam, ständig auf der Suche nach sexuellen Abenteuern, das war er. Und ein Bruder- und Schwesternmörder, das war er auch. Unschuldige Würmer und Käfer fressen und dann noch behaupten, anständig frühstücken zu wollen, das war ja der Gipfel der Scheinheiligkeit. Und was hatte Hugo überhaupt mit ‚Wie willst du denn sonst in der Mauser…?' gemeint? Dieser Hugo, der war einerseits ein offenes Buch, wenn man an seine Stellung in der Hühnerpyramide dachte. Andererseits schien er eine ganze Menge zu verbergen, hatte Geheimnisse, die er nicht verraten wollte. Ein Geheimnisträger war er, aber warum und für wen? Sie würde sich vorsehen müssen.

Nur der frühe Vogel fängt den Wurm

Karl hatte nach dem exzellenten Wurmfrühstück bei seinem frühmorgendlichen Rundgang die beste Sandkuhle der ausgedehnten Hühnermobilwiese besetzt. Jetzt lag er dort mit ausgestreckten Flügeln, ganz flach an den Boden gedrückt. Sand von unten, Sonne von oben, schaukeln, schütteln.

„Guten Morgen, Herr Hahn."

Ernas Kopf, dann ihr schmaler Körper, tauchten auf, als die Staubwolke um Karl sich zu Boden senkte.

„Gemorje, Hingelsche. Wie hasde dann geschlaafe?"

„Ganz gut, Herr Hahn. Erst wollten mich die Mithühner gar nicht ins Haus lassen, aber kurz vor Klappenschluss hab ich's doch noch geschafft hineinzukommen. Wo waren Sie denn? Ich habe sie auf den Stangen gar nicht entdeckt."

„Isch bin zwischezeidlisch zum Frischluftfanadiker mudiert. Unn außerdem – des Nuffsteische iss e bissie beschwerlisch für misch. Iwwer Ausnahme denkt mer emol korz no, wann's en aktuelle Anlass gewe dud."

Karl musterte das knusprige Hühnchen.

„Haben Sie auch noch nicht gefrühstückt oder sind Sie ebenfalls ein Carnivore?"

„Was maansde dann dademid? Mit ‚Carnivore'? Des Wort, des kenn isch ned. Die annere Fraach, die de gestellt hast, die kennt isch allerdings positiv bejahe. Gegesse hab ich, ned ze knapp, unn alles von de höchst Qualidäd."

„Also haben Sie Fleisch konsumiert, Sie sind ein Carnivore! Haben Sie denn dabei, also beim Würmer- und Käfer-Essen, gar kein Problembewusstsein?", wunderte sich Erna und schüttelte ihren Kopf.

„Ei du liewer Godd. Was hasde dann fier Ferz im Kobb? Hingel müsse doch newe dem Körnerfudder aach tierisch Eiweiß zu sisch nemme, sonst bleiwe se ja, wann de Herbst kimmt, splidderfasernaggisch. Unn bei de Hingel is naggisch ned beaudiful, des kann isch dir verrade."

„Auf diesem Gebiet fehlt mir leider aufgrund meiner Jugend noch die Erfahrung, Herr Hahn", gab Erna, nun einigermaßen kleinlaut, zu.

„Wann's aach kei so schie Erfahrung is, isch werd se der von Herze gönne, mei Klaa. Wolle mer's hoffe. Mer sieht sisch."

Wie naiv dieses kleine Huhn war! Auch wenn ihr Aussehen den aktuellen Anlass für späte Träume geboten hatte: An offensichtlich Minderjährigen hatte Karl sich noch nie vergriffen. Und das würde so bleiben!

Mahlzeit!

Die Sonne stand beinahe senkrecht am Himmel, als es in der Hühnergesellschaft große Bewegung gab. Erste Töne vom Hühnerorchester, ga-ga-ga-gaak, aak-aak-aak-aak, gack-gack-gack. Dann mehrere ki-ke-ri-ki, einige in ganz tief, andere etwas höher, beide in Dur. Daneben zwei ka-cke-ri-ki in Moll, die mussten von Herma sein. Erna hatte sich mit den anderen Hühnern am Zaun versammelt. Ein gleichförmiges Brummen – dann fuhr ein Auto vor.

Zwei Frauen stiegen aus. Eine davon war Frau Bellersheim, die Erna schon von gestern kannte. Sie holte einen kleinen Papiersack aus dem Auto, dann einen Jutebeutel mit langen Bändern. Aus dem Sack schüttete sie etwas in den Beutel, dann hängte sie ihn über ihre Schulter. Sie ging in Richtung Wiese und öffnete das Tor. Die andere federlose Lang-Zweibeinerin hielt sich hinter ihr.

Das Hühnerkonzert war jetzt ohrenbetäubend. Hähne und Hennen rannten, hüpften, ein einziger gackernder Hühnerhaufen. Frau Bellersheim griff in den Beutel, rief „putt-putt-putt" und dann ergoss sich, endlich, der ersehnte Getreideregen über die Hühnerwiese.

Erna rannte den Körnern nach, wie war sie so hungrig! Immer neue Körnerkaskaden flogen aus dem Beutel.

Irgendwann war er leer, die Hühner verteilten sich, Erna hielt sich in der Nähe der zwei Frauen. Sie war schon satt, ein neues Bedürfnis meldete sich. Neugier. Vielleicht konnte man etwas vom Gespräch aufschnappen.

„Guck mal, Mama, die sind doch wirklich niedlich, deine Hühner, kleine Geschöpfe in einem Freiluftparadies. Wie kannst du da nur über sowas nachdenken?"

„Franziska, das ist die reine Humanitätsduselei. Guck dich doch nur an, wie blass und dünn du bist. Kriegst ja auch nie was Ordentliches zwischen die Rippen."

„Fang doch nicht immer wieder damit an! Es ist nun mal meine Überzeugung, dass es Sünde ist. Hör endlich auf, mich vom Gegenteil überzeugen zu wollen."

„Was du machst, ist deine Sache", entgegnete Frau Bellersheim. „Aber dein Vater und ich richten deine Hochzeit aus, und das ist für uns eine Gelegenheit, unsere Produkte vorzustellen. Hundertfünfzig Gäste sind eine Chance, die werden wir nicht auslassen. Schließlich lebst du bis zum heutigen Tag immer noch davon. Und nicht schlecht, liebes Kind, wenn ich das bemerken darf."

„Mir wird's im Halse stecken bleiben, Mama. Kümmert dich das gar nicht?"

„Sei doch nicht so entsetzlich intolerant, Kind! Jeder nach seiner Fasson, das wusste schon der Alte Fritz. Guck halt weg, wenn du's nicht sehen willst!"

Franziska murmelte daraufhin etwas, was Erna nicht verstehen konnte. Dann sagte sie:

„Manchmal hat man den Eindruck, dass die Tiere einen verstehen. Schau doch mal, Mama, das kleine Huhn da vorne", sie schaute Erna aufmerksam an und nickte ihr zu, „das guckt so verständig. Als würde es uns zuhören."

„Dann fall ich jetzt mal ins Französische, Franziska. Mehrsprachig dürfte sie ja selbst nach deiner hohen Meinung von Hühnern kaum sein. ‚Coq au vin', das wollen Papa und ich als erstes. Bei allem solltest du ein bisschen auch unsere Interessen im Auge behalten. Wir sind kein Wohlfahrtsverein. Komm jetzt, wir müssen die Eier holen."

Die beiden Frauen drehten sich um und gingen in Richtung des Hühnerhauses.

Franziska holte Pappen mit Vertiefungen aus ihrer Tasche, gab zwei an ihre Mutter.

„Ich fange rechts an", sagte sie.

Beide Frauen durchsuchten die Nester mit dem Dinkelspelz und holten alle Eier, die die Hühner dort abgelegt hatten, heraus, um sie in den Pappen abzulegen.

„Ich glaub, wir haben sie alle", bemerkte Frau Bellersheim, zu Franziska gewandt.

Die zwei Frauen drehten sich um, nahmen alle Eier mit, verließen die Wiese und verschlossen das Tor. Der Motor heulte auf, dann ein moderates Brummen. Das Auto fuhr davon.

Haltet die Diebe!

Als das Auto hinter der Wegbiegung verschwunden war, erwachte Erna aus ihrer Schockstarre. Warum hatten sich die Hühner und vor allem die Hähne nicht gewehrt? Nicht ein einziges Ei hatten die beiden Frauen den Hennen übrig gelassen. Alles mitgenommen, gestohlen!

Würden sie ihr auch alle Eier wegnehmen, so dass aus ihrer Idee von der kleinen Hühnerfamilie nichts werden würde?

Und was noch schlimmer war – warum hatte Frau Bellersheim auf einmal Französisch gesprochen? Damit sie, Erna, nichts von ‚coq au vin' verstehen sollte? Da hatte sie sich schön geirrt, Betty hatte immer wieder gestaunt, wie gut Erna folgen konnte, wenn sie aus „Le petit prince", ihrer französischen Schulausgabe vom kleinen Prinzen, vorgelesen hatte. „Hähnchen auf Wein" – was konnte sie nur gemeint haben? Komisch. Bestimmt wussten Hugo und Karl mehr über all die Sachen. Die würde sie jetzt sofort aufsuchen und sich alles erklären lassen.

Den Kopf unterstecken

Karl hatte sich nach dem guten Frühstück und dem herrlichen Sonnen- und Sandbad wieder unter den Hagebuttenstrauch zurückgezogen, um ein Nickerchen zu machen. Er war mit sich und der Welt zufrieden. Das konnte ein schöner, ein einzigartiger Sommer werden!

„Herr Hahn?"

Karl schraubte seinen im Gefieder versenkten Kopf in die Höhe. Die kleine Erna.

„Na, Hingelsche. Hasde was uffm Herzche?

„Darf ich eintreten, Herr Hahn?"

„Imma enoi, Ernasche! Hogg disch neewer misch!"

Erna druckste einen Augenblick herum, blickte Herrn Hahn von links, von rechts, von unten und von oben an. Dann ließ sie sich neben ihm nieder.

„Nu drau disch, imma enaus dademit! Was willsde dann wisse?"

„Also erstens, Frau Bellersheim und diese andere Frau, die Franziska, die sie begleitet hat, als die heute Morgen hier waren, da haben sie doch alle Eier gestohlen. Und Sie und Hugo und alle Hennen haben sich das ohne Gegenwehr gefallen lassen. Und da frage ich mich natürlich, warum?"

Ach du dickes Ei! Solche fundamentalen Fragen rüttelten an den Fundamenten der Hühnerordnung, waren gleichsam eine Bombe für den Hühnerfrieden. Schwerstarbeit, das würde es werden, und ganz viel Fingerspitzengefühl würde er brauchen. Verzögerungstaktik war angesagt.

„Du haddst awwer noch mehr Fraache, stimmt's? Lass erst emol sämtlisch Fraache hern, Kind."

„Ich habe die beiden Frauen auch belauscht, Herr Karl. Und dabei habe ich etwas sehr Merkwürdiges gehört."

Karl hob drohend seinen linken Fuß und lachte.

„Ga-ga-gak-gak. Lausche is eijendlisch verbode, gelle? Annerseits isses aach unverzischtbar, wann ma Informadione einhole will. Was hasde dann gehert?"

„Frau Bellersheim hat der Franziska mitgeteilt, dass sie bei der Hochzeit ‚coq au vin' durchsetzen will. Das habe ich nicht verstanden, was sie damit meint."

Gottseidank, Erna konnte kein Französisch! Karl seufzte erleichtert.

„Weißde, Ernasche, de Mensche, die hawwe unnerschiedliche Sprach, unn mir Hingel, wann mer schlau sinn, verstehe manschmal e paar einzeln Worde von dere Sprach, awwer isch, beispielsweis, versteh des aach ned."

„Ich schon, Herr Karl. Das ist Französisch und heißt ‚Hähnchen auf Wein'. Können Sie sich jetzt einen Vers darauf machen? Meinen Sie, dass Frau Bellersheim uns Hühner fressen will?"

Karl hatte der zweite Sprengsatz vollends die Sprache verschlagen.

Er schwieg, schüttelte mehrfach seinen Kopf. Demonstrativ steckte er seinen Kopf unter und drückte sich tief in seine Kuhle. Er würde überlegen und dann mit Hugo sprechen müssen.

Erna verstand Herrn Karls Geste. Sie war entlassen. Bekümmerter dreinblickend als zuvor verließ sie sein Appartement.

Störfaktor

Da steckte bestimmt mehr dahinter! Der nette Herr Karl hatte auf ihre Fragen einfach geschwiegen und sie weggeschickt! Ihre Fragen hatten ihn verblüfft, verstört, ratlos und ängstlich gemacht, das war's. Und deshalb wollte er Zeit gewinnen und hatte einfach nur den Kopf untergesteckt. Nichts hören, nichts wissen, nichts sagen! Dann musste sie eben bei Hugo nachbohren. Mama Betty hatte sie nicht umsonst Erna Frech getauft. Sie würde sich nicht abwimmeln lassen, sie würde der Sache auf den Grund gehen!

In einer Ecke der Wiese stand Hugo und klatschte mit den Flügeln. Dieser sexsüchtige Polygamist frönte anscheinend wieder seiner Leidenschaft.

Um Hugo herum waren einige Hennen versammelt. Diese doofen Hühner! Hatten nichts anderes im Sinn, als sich begatten zu lassen. Und ihre Eier ließen sie sich dann stehlen! Wofür dann das ganze Getue?

„Hugo?"

Hugo antwortete nicht. Er saß schon rittlings auf dem nächsten Huhn aus der Runde.

„Hugo, hättest du mal einen Moment Zeit? Ich habe eine dringende Frage!"

Hugo brauchte noch einen Moment, er schüttelte zum Abschluss seiner Tätigkeit die Flügel aus, landete auf dem Boden und drehte sich in Ernas Richtung.

„Sag mal, Erna, bist du jetzt ganz verrückt geworden? Du kannst mich doch nicht bei meiner wichtigsten Aufgabe stören. Bist du erst gestern vom Hühnerhimmel auf diese Erde gefallen, oder was?"

„Da könntest du Recht haben", meinte Erna, mehr zu sich selbst. Wie tief der Fall gewesen war – das musste sie heute unbedingt herauskriegen.

„Geht jetzt!", sagte Hugo, der Hühnerschar zugewandt. „Wir machen nachher weiter."

Hugo sah sehr verärgert aus. Ob er ihr Federn ausreißen oder sie zwicken würde? Oder, noch schlimmer, würde er aufsteigen?

Nichts von alledem. Hugo blickte Erna aufmerksam an.

„Was quält dich?", fragte er unerwartet sanft.

„Warum hast du dich heute Morgen nicht gewehrt, als die zwei Frauen deinen Hennen ihre Eier gestohlen haben?"

Hugo bliebe einen Moment stumm, dann schoss die Antwort aus ihm heraus.

„Die Große Mutter holt die Eier nur, damit sie sich länger halten. Sie legt sie kühl, dann bleiben sie ganz lange frisch. Wenn dann eine Henne Lust hat zu brüten, dann meldet sie das bei mir an und ich gebe die Information an die Große Mutter weiter. Dann kann jede Henne Glucke werden."

Mmh, klang ganz plausibel, fand Erna. Ob Hugo auch die nächste Frage beantworten konnte?

„Frau Bellersheim hat zu Franziska gesagt, sie wolle als erstes ‚coq au vin' haben. Was meint sie damit, weißt du das?

„Warum zerbrichst du dir andauernd dein hübsches Köpfchen, Erna? Ich weiß nicht, was das heißt. Und was ich nicht weiß, macht mich nicht heiß."

„Meine Mama Betty hat gesagt, wer von dem Baum der Erkenntnis isst, fliegt raus. Meinst du das damit?"

„Woraus?", fragte Hugo.

„Aus dem Paradies", entgegnete Erna leise.

„Ja, ja, so ungefähr, Erna. Ich muss jetzt aber leider gehen, mich ruft die Pflicht."

Er hüpfte eine Strecke.

Wollte er schnell davonkommen? Bliebe zum Fragen nur noch Herma. Aber die konnte Erna nicht so gut leiden.

Herma

Erna hatte schon eine ganze Weile nach Herma gesucht. Endlich fand sie sie. Sie lag in einer Sandkuhle und döste mit geschlossenen Augen.
Erna traute sich nicht, sie anzusprechen. Ihre Begegnungen mit Herma hatten nicht gerade ihr Vertrauen in sie gestärkt. Aber Herma musste klüger als die anderen Hennen sein. Was erklärte sonst ihre herausgehobene Stellung in dieser Hühnergesellschaft? An ihrer Schönheit konnte es nicht liegen, man war sich bei ihrem Anblick nicht sicher, ob sie eine Henne oder nicht doch ein Hahn war. Sogar einen Sporn hatte sie. Und das fand Erna nicht sehr attraktiv.

Sie war noch ganz in diese Gedanken versunken, da erhob sich Herma geräuschvoll, schlug heftig mit den Flügeln, sodass der Staub Ernas Sicht einen Augenblick lang völlig verdunkelte. Durch die Wolke hörte sie Hermas barsche Fragen:

„Was schleichst du dich denn hier herum? Hast du nichts Besseres zu tun?"

Erna wartete einen Augenblick mit der Antwort.

„Ich glaube, dass du ganz viel weißt", versuchte sie eine kleine Schmeichelei. „Und deshalb wollte ich speziell dich etwas fragen."

„So einfach bei mir hereinschneien und mir ein Loch in den Bauch fragen? Nein, nein, lass dir von Liesl, das ist die braune Wyandotte da drüben, einen Termin für übermorgen geben. Da werde ich es einrichten können, wenn dir bis dahin die Lust zum Löchern deiner Mithühner immer noch nicht vergangen ist."

Als Erna Herma daraufhin verblüfft ansah und wie angewurzelt stehen bliebe, fuhr Herma sie an:

„Schleich dich! Lauf in Zukunft nicht zum Fürst, wenn du nicht gerufen wirst!"

Der neue Tag hatte sich mit all den Begegnungen wieder gebläht. Aber auf eine solche Blähung hätte Erna eher verzichten können.

Der erste Sommer

"Es dauert ned meh lang, dann fängt de schönst Zeit vom Johr aa", sagte Herr Karl zu Erna, als sie ihn am nächsten Morgen in seinem Hagebuttenlogis aufsuchte.

"De Mensche saaje zu dere Säsong Sommer. Jed Minud solldesde genieße, Kind."

Herr Karl sah bei diesen Worten selbst aber ziemlich traurig aus. Er drückte sich wieder in seine Schlafkuhle, seine Augen klappten zu und Erna verließ den alten Gockel auf leisen Krallen.

Gestern Abend, an Ernas zweitem Tag in der Hühnermobilgesellschaft, war das Schlafengehen bereits etwas einfacher gewesen. Sie hatte zwar bis zum Schluss warten müssen und war wieder als Letzte in den Hühnerstall gelangt, aber die Stöße und Schubser waren schon etwas seltener. Das Huhn, neben dem Erna auch am ersten Abend gesessen hatte, war ein kleines Stückchen zur Seite gerückt und hatte sogar ‚Guten Abend, Erna' und nach einer weiteren Weile ‚Schlaf gut' gesagt.

Erna hatte auf der Stange über vieles nachgedacht. Vor allem über das Paradies, aus dem man rausflog, wenn man zu viel wissen wollte. Einen Gesprächstermin bei Liesl Wyandotte, den würde sie zwar heute noch ausmachen – aber ansonsten niemandem mehr ein Loch in den Bauch fragen. Sie war entschlossen, Herrn Karls Worte ernst zu nehmen. In den Tag hineinleben, es sich gut gehen lassen, die Einzigartigkeit des Sommers genießen, das würde sie tun. Und damit das Heimweh und die Sehnsucht nach Betty sie nicht mehr überfallen würde, dafür musste sie sich eben ein paar Freundinnen suchen.

Die Hähne nämlich, die auf dieser Hühnerwiese zur Verfügung standen – die eigneten sich nicht für irgendwelche Phantasien.

Termin

Liesl saß auf dem Holzstoß hinter dem Hühnerstall.

„Der Nächste bitte", rief sie.

„Außer mir ist doch gar keiner da", verwunderte sich Erna und trat näher.

„In einem Büro gibt's immer ein bestimmtes Procedere. Ordentlich aufrufen gehört dazu, wenn du weißt, was ich meine", belehrte sie Liesl.

„Also, Frau Wyandotte ..."
Weiter kam Erna nicht.

„Mein korrekter Name lautet Frau Liesl Wyand-Otte. ‚Wyand' ist mein Mädchenname, das ‚Otte' kommt von meinem geschiedenen Mann."

Früher hätte Erna sich über Liesl sicherlich kaputt gelacht – aber die letzten zwei Tage hatten ihr viel von ihrer Unbefangenheit genommen. Ernsthaft fuhr sie fort:

„Ich hatte heute Morgen eine Unterredung mit Ihrer verehrten Frau Chefin. Sie trug mir auf, mich bei Ihnen um einen Termin für übermorgen zu bemühen, was ich hiermit tun möchte."

Liesl fing laut an zu gickeln.

„Gick-gick-gick, gick-gick-gick."

Du sitzt oben, da hat man gut lachen, ging es Erna durch den Kopf.

„Hat dich der fette Mistvogel eingeschüchtert?"

Liesl flog vom Holzstoß herunter und stellte sich neben Erna.

„Du bist ziemlich hübsch, weißt du das?", fragte sie und blickte Erna von allen Seiten an.

„Nicht schon wieder!", entfuhr es Erna.

„Die Männerwelt in Gestalt von Hugo hat dich wohl schon ziemlich genervt, was?"

„Ich möchte nicht so gern über Herrn Hugo mit Ihnen sprechen."

„Das brauchst du auch nicht. Das weiß hier sowieso jeder. Ist dir bekannt, was es mit Herma auf sich hat?"

„Ungefähr, aber nicht ganz genau", gab Erna zu.

„Also, ich bin auch so. Deshalb bin ich ja geschieden."

Liesl drehte sich mehrfach um ihre eigene Achse, führte, als sie genug Schwung geholt hatte, ein paar einbeinig ausgeführte Pirouetten vor, dann sang sie:

> *„Ob weiß, ob braun,*
> *ich liebe alle Frau'n,*
> *mein Herz ist groß.*
> *Was ich auch tu,*
> *ich denke ab und zu,*
> *an eine nur.*
> *Und diese eine,*
> *die ich meine,*
> *bist du.*
> *Ob weiß, ob braun,*
> *ich liebe alle Frau'n ..."*

Sie blieb stehen, gickelte wieder, dann verneigte sie sich und machte eine formvollendeten Kratzfuß.

„Aber – Schätzchen, keine Angst", sagte sie, „es gibt hier an meinem Arbeitsplatz keine sexuelle Belästigung. Alles nur auf freiwilliger Basis, gelle?"

Sie flog zurück auf den Holzstoß.

„Was wünschen Sie bitte?", fragte sie, in förmlich-korrektem Ton.

„Ich hätte gern einen Gesprächstermin für übermorgen bei Frau Herma."

„Übermorgen, wenn die Sonne senkrecht am Himmel steht. Der Nächste bitte!"

Voller Drang

Karl fand seine Verdauung äußerst lästig. Wenn man nicht auf der Stange saß und fallen lassen konnte, sondern stattdessen die meiste Zeit im eigenen Appartement in der Kuhle liegen wollte, bedurfte es bei einem riesigen Brahma mit gigantischen Appetit wie ihm besonderer Hygiene.

*„Wer viel frisst,
der viel ..."*

Den ganzen Spruch brachte Karl nicht mehr zusammen. Der Babba hatte ihn immer aufgesagt, wenn er morgens den Hühnermist mit äußerster Gelassenheit zusammengekehrt hatte. Hier fehlte die fleißige Hand mit Harke. Es musste ihm etwas anderes einfallen. Und diese Überlegungen, die keinerlei Aufschub duldeten und drängend waren, die waren leider nicht die einzigen, bei denen es mächtig pressierte.

Die kleine Erna, die fragte zu viel und schien ziemlich schlau zu sein. Wenn sie die Wahrheit, die Karl vermutete, herausfinden würde, das würde die Hühnergesellschaft total durcheinanderwirbeln. Und dann wäre es mit der Ruhe, die er selbst sich für seine letzte Zeit auf dieser Erde herbeisehnte, vorbei.

Er war entschlossen, sich baldmöglichst mit Smaartcock zu besprechen. Dessen Geistesgaben durften nach Karls Meinung aber trotz seines sprechenden Namens durchaus bezweifelt werden. Der hatte wirklich vorrangig das eine im Sinn und schien dabei all seine Energie zu verbrauchen, so dass für operative und strategische Planung wenig übrig blieb. Und bei alledem sollte ein alter Hahn zur Ruhe kommen? Ruhestand?

Karls Kloake meldete sich, die Zeit drängte. Er musste jetzt wirklich … Wie hieß das Wort mit ‚k' noch? Er erhob sich aus seiner Kuhle, hüpfte einige Schritte in die Weite. Olfaktorische Erinnerungen veranlassten ihn zu höchster Eile.

Vom Garten Eden

Die kleine Erna war Hugo seit gestern nicht mehr aus dem Kopf gegangen. Mit ihren Fragen und Überlegungen brachte sie ihn durcheinander. Seit seiner Befreiung aus der Elterntier-Hühnerfarm durch Franziska und Alphonse vor drei Jahren hatte er sich nicht mehr so unsicher und in Aufruhr gefühlt.

Er hatte damals schon einige Zeit als Hahn dort gearbeitet. Eines Tages war eine Gruppe von federlosen Zweibeinern durch die große Halle, wo Hugo lebte und arbeitete, geschritten, ein großer Mann, der an der Spitze gelaufen war, hatte immer wieder auf die Hühner und Hennen gezeigt, gesprochen und gestikuliert. Als der Spitzenmann mit einigen aus der Gruppe heftig zu streiten begonnen hatte, wurde Hugo plötzlich an den Füßen gepackt und in ein dämmriges

Verlies gesteckt. Dann ein Geräusch, danach war es völlig dunkel geworden. Irgendwo neben ihm hörte er Oskar, einen seiner Mithähne, leise gackeln. Lange noch blieb es finster in Hugos Gefängnis. Türen wurden geöffnet und zugeschlagen, dann ein Brummen und Zweibeiner, die sich unterhielten. Zwei Stimmen. Und neben ihm irgendwo immer noch Oskar.

Eine lange Zeit später war das monotone Brummen verstummt. Türen wurden wieder geöffnet und geschlossen. Menschen-Unterhaltung. Dann entfernte sich die eine Stimme. Es wurde still, auch von seinem Mithahn hörte Hugo nichts mehr. Er schaukelte eine geraume Weile in seinem Verlies hin und her, dann erneut zwei Stimmen, eine, die er vorher noch nicht hatte ausmachen können. Sie sprachen miteinander. Ein Geräusch, das Verlies wurde geöffnet, aber es blieb trotzdem finster.

An diesem Abend hatte Franziska Hugo der Großen Mutter übergeben. Die hatte zwar eine Weile laut geschimpft, dann wurde Hugo aber herausgezogen. Man packte ihn an den Füßen und ließ ihn auf eine Wiese flattern. Dort blieb er für eine lange Sternennacht, die erste Nacht ohne künstliche Beleuchtung, zurück.

Am nächsten Tag hatte er in aller Frühe zum ersten Mal das Licht dieser Welt, Tageslicht, erblickt. Seine Füße hatten zum ersten Mal Gelegenheit gehabt, in Erde zu scharren, weiches

Gras zu fühlen, sein Schnabel konnte nach Würmern und Käfern picken!

Der Garten Eden! So hatte Hugo damals gedacht und sich vorgenommen, der Großen Mutter, die ihn behalten hatte – und das sogar über mehrere Lege-Perioden hinaus – für immer dankbar zu sein.

Und jetzt Erna, die an den Fundamenten seiner Existenz rüttelte und das Gebäude, in dem er sich so lange aufgehalten und sicher gefühlt hatte, vielleicht zum Einsturz bringen würde. Keine Ruhe würde sie geben, auch wenn sie selbst ja schon ahnte, dass man mit zu viel Fragen das Paradies verlieren konnte. Pah, Paradies! Die verwöhnte Erna hatte einfach ein viel zu hohes Anspruchsniveau, Glück war doch relativ!

Was war denn das? Die dicke Herma mit ihrem „ka-cke-rik-kii" und ein ganzer Kreis Hennen um sie herum!

Hugos Entschluss reifte in Sekundenschnelle. Kurzfristige Ordnungsaufgaben riefen ihn zur Pflicht. Da blieb nur übrig, die langfristigen Planungen auf die lange Bank zu schieben.

Ob der weiße Flieder wieder blüht?

Im Hof von Herrn Dönges hatten zwei Fliederbüsche gestanden. Ein weißer und einer in Lila. Karl kannte den Duft der Blüten genau. Die Ahnung vom Sommer, der schönsten Zeit des Jahres. Der Babba hatte gewusst, wie fein seine Nase war. Nur dumme Menschenzweibeiner dachten, Hühner würden nichts riechen und deshalb könne man sie in ihrem eigenen Sch… – wie hieß noch Babbas Wort dafür? – verkommen lassen. Nein, Karl hasste den Ammoniak-Geruch, der sich bei mangelnder Hühnerhygiene bildet. Gottseidank war Herr Dönges ein aufmerksamer Hühnerhalter gewesen und hatte peinlich auf die Sauberkeit des Stalls geachtet. Hier war alles moderner. Karl hatte kurz in das Hühnermobil geschaut, als Frau Bellersheim nach den Eiern gesucht und die Tür offen gelassen hatte. Von oben fiel der Hühnermist unter die Stangen in eine Wanne. Dann hatte die Franziska an der Außenseite des Hühnerstalls einen Knopf gedrückt und ein Förderband angeschaltet. Der Mist wurde nach außen transportiert und verschwand in einem Behältnis.

Der Babba hatte alles mit Harke und Besen bewirkt. Gestunken hatte es bei ihm auch nie.

Ein leichter Wind bewegte die Blätter des Hagebuttenstrauchs und trug von irgendwoher einen schwachen Duft von Flieder herüber. Ob der alte Herr Dönges schon aus seinem Haus ausgezogen war und jetzt im Altersheim lebte? Wie er wohl ohne seine Hühner zurechtkam? Nein, Karl wollte keinen traurigen Gedanken mehr nachhängen! Sommer!

Er blickte hinauf, alles blau, ein bisschen weiß gesprenkelt – und rundherum, wo so viel Gelb war. Er breitete seine Flügel aus und nahm eine Nase Luft. Er würde sich entspannen, nichts mehr denken und in den Tag hineinleben.

Karl ließ sich in der nächstbesten Kuhle fallen und schloss die Augen.

Gute Zeiten

Betty hatte zum Abschied „Das wird bestimmt ein schöner Sommer für dich!" gesagt. Ob sie Erna im Herbst wieder nachhause holen würde? Anders ließ sich die Äußerung von der kleinen Mama doch eigentlich nicht deuten. Sie hätte nämlich sonst sagen müssen „Du hast jetzt viele gute Zeiten vor dir" – oder so ähnlich. Erna nahm sich vor, die Freiluftsaison mit den anderen Hühnern zukünftig zu genießen. Nur ein paar Monate waren es ja, die Zeit war kurz und deshalb kostbar. Und vielleicht holte die Große Mutter sogar noch einen anderen Hahn zur Hilfe für Hugo auf die Wiese. Sie war ja nicht dumm und hatte Hugos Überlastung bestimmt schon mitgekriegt. Vielleicht würde sie einen ganz jungen Hahn einstellen? Und einen hübschen dazu? Ein paar Freundinnen musste sie sich auch endlich suchen. Dann könnte man zusammen spielen oder Streiche aushecken.

Erna eilte hinter den Holzstoß. Im Halbschatten dösen, vom Sommer und einem jungen Heißsporn träumen – das war jetzt gerade nach ihrem Sinn.

Auf dem Lande

Alles
was auf dem Lande
lebt und läuft,
ist dem sanften Wandel
von Duft, Licht und Farbe
unterworfen.
Wenn
das Weiß, Grau und Braun
die Wege, Wiesen
und Felder
verlassen hat,
die Bäche und Flüsse
wieder murmeln
und glucksen,
wird es bald
grün und gelb.
Dort,
in der alten Kulturlandschaft,
wo Erna, Hugo und Karl leben,
webt der Raps
im Frühjahr
gelbe Bänder
in grüne Räume.
Sein Staub
wird in Wolken
übers Land getrieben,
süßer Duft,
den emsige Bienen
im Honig bewahren.

*Wenn
es Sommer wird,
zieht der Duft von Rosen
übers Land.
Unten
in den Ebenen
blühen sie
auf den langgestreckten Feldern.
Gelb, rot, weiß
und alle Nuancen dazwischen
komponieren
ein Feuerwerk von Farben.
Der Herbst
mit dem wogenden
Wispergetreide
präsentiert sich blond.
In
der Ferne
leuchten die Wälder
orange und gelb.
Im Spätherbst
werden die Felder
und die Bäume des Waldes
kahl.
Braun und Grau
kehren zurück.
Kleinstädte und Dörfer,
oft viele Jahrhunderte alt,
schmiegen sich
in die wellige Landschaft.*

Umzug

Karl hatte es im letzten Moment noch geschafft! Nach seinem morgendlichen Rundgang hatte er sich gewundert, dass die Klappe vom Hühnermobil sich nicht öffnete. Das Gegackel, Gekrähe und Gescharre drinnen ließ ihn vermuten, dass auch die Hühnergesellschaft dringend darauf wartete, in die Freiheit der Wiese entlassen zu werden. Aber es hatte dann noch eine ganze Weile gedauert, bis ein lauteres Brummen als sonst die Ankunft eines Automobils ankündigte. Karl war hinter den Holzstoß gerannt. Er lunzte um die Ecke.

Ein großes Vehikel hatte vor der Wiese angehalten, Frau Bellersheim und Franziska stiegen aus. Die Große Mutter öffnete das Tor, ein Mann, der hinter dem Steuer des großen Fahrzeugs sitzen geblieben war, rangierte den Lieferwagen und setzte ihn vor den fahrbaren Hühnerstall. Franziska hantierte kurz an der Achse, dann war das Hühnermobil am Lieferwagen angehängt.

Karl hatte einen Augenblick überlegt. Sollte er sich bemerkbar machen? Oder sich still hinter dem Holzstoß versteckt halten? Das würde Freiheit bedeuten. Er würde sich um den Herbst keine Gedanken mehr machen müssen.

Nein, nein. Das waren Träumereien. Wie sollte er sich bei seinem riesigen Appetit genug Futter besorgen, in seinem Alter und Zustand? Er müsste ohne Deckung den ganzen Tag auf Futtersuche sein. Es wäre nur eine Frage von Tagen, bis Habicht oder Fuchs ihn gefunden haben würden.

Karl war also Flügel-schlagend zu Frau Bellersheim gerannt. Sie hatte ihn angesehen, dann waren beide Frauen in Lachen ausgebrochen, Franziska hatte aus dem Fahrzeug einen Pappkarton geholt und die große Mutter hatte ihn hineingestopft.

Jetzt saß Karl auf der neuen Hühnermobilwiese und suchte nach einem neuen Haus. Ortwechsel im Alter waren keine leichte Sache.

Erfahren

Hugo zog sehr gerne um. Das waren seine großen Momente. Als sich am Morgen die Klappe nicht geöffnet hatte, war aus der Hühnergesellschaft im Mobil ein wilder Hühnerhaufen geworden. Alles hatte durcheinander gegackelt und gekräht. Er, Hugo, war natürlich cool geblieben. Er wusste genau, was vor sich ging. Er hatte Erfahrung. Hugo schaute nach unten auf seine Füße. Vier Zehen hat ein Hahn, vergewisserte er sich. Also war er schon drei – oder vier? – Hühnerfüße mal umgezogen.

Hugo schlug in Erinnerung an seine Überlegenheit mit den Flügeln. Was wussten die anderen denn schon? Waren jetzt ein einziges Mal umgesiedelt, schafften es vielleicht noch ein, zwei Mal, und dann – Ende Gelände. Der dicke Karl, der war zwar noch älter als er, der Hugo selbst, aber vom Hühnermobilwesen hatte der doch auch keine Ahnung.

Hier oben, wo das Mobil jetzt stand, hätte man einen schönen Ausblick genießen können. Aber leider, so musste Hugo sich eingestehen, sehen Hühner nicht so gut, vor allem nicht sehr weit. Fünfzig Meter – und dann wurde schon alles verschwommen. Wenn man den Kopf reckte, konnte man ein paar gelbe Streifen unten in der Ebene ausmachen. Und es roch recht gut, irgendwie süßlich, aber auch schon mit einem ganz schwachen Hauch Verfall. Wie die Nackt-Zweibeiner diesen Monat nannten, das wusste Hugo nicht. Aber dass der Sommer ganz kurz bevorstand, da war er sich sicher.

Schöne neue Welt

Erna fand das neue Gelände super. Sie pickte überall neugierig mit ihrem Schnabel, rannte aufgeregt von einer Ecke in die andere. So ein Leben, das war ganz nach ihrem Geschmack. Sie würde sich jetzt irgendwo ein Versteck suchen. Wenn dann, wie Erna hoffte, der richtige Hahn auftauchen würde, dann wäre Gelegenheit, Eier zu legen, sich zurückzuziehen und zu brüten. Warum nur die anderen Hennen so desinteressiert an Familiengründung schienen? Legten jeden Tag brav ihre Eier, guckten sich nicht mal um, wenn sie ihnen abgenommen wurden, und am nächsten Tag saßen sie brav wieder auf ihrem Nest. Dumme Hühner! Sie hätte Herma fragen können, vielleicht hätte die etwas über die Sache gewusst. In all der Aufregung über den Umzug hatte Erna aber den Termin bei Herma verschwitzt. Bei ihrem nächsten Besuch würde sie den Herrn Karl fragen.

Drei wilde Rosensträucher hatte Erna entdeckt. Den, der am weitesten vom Hühnermobilstandort entfernt war, den würde sie sich unter die Zehe reißen. Herrn Karl würde der Weg dorthin sowieso zu beschwerlich sein. Und der Großen Mutter und Franziska bestimmt auch.

Hühnerwetter

Ganz nah beim Hühnerstall hatte Karl in einem der drei wilden Rosensträucher, die sich auf der Wiese befanden, sein neues Appartement gefunden. Es roch gut. Karls Nasenlöcher ergötzten sich immerzu an dem Duft der weißen und rosa Blüten. Die meiste Zeit des Tages döste er.

Bisher waren die sternenklaren Nächte und die hellen Tage ruhig verlaufen. Wie oft die Sonne schon auf- und untergegangen war, seit er mit den anderen Hühnern zu diesem neuen Areal gezogen war, das wusste Karl nicht zu sagen. Die Zeit floss träge dahin wie ein Strom, dem es nicht eilt, an seine Mündung zu gelangen. So hätte das Leben noch eine Weile dauern können. Er schüttelte seine Federn aus und tappte aus seinem Strauchhaus. Unten in der Ebene bedeckte ein glasig weißer Überzug die Landschaft. Das musste Frühnebel sein, so hatte der Babba es ihm erklärt. Wenn man mit den Hühnern aufstand, konnte man ihn manchmal sehen.

Irgendetwas war an diesem Morgen anders. Karl schaute in Richtung der Baumgruppe, die sich rechts ans Gelände der Hühnerwiese anschloss. War da Bewegung? Zwischen den Blättern der alten Bäume meinte er etwas Helles zu entdecken. Er lauschte. Nein, irgendwelche Laute, Rufe waren nicht zu hören. Wenn man alt wurde, bildete man sich eine ganze Menge ein, sah Gespenster, wo keine waren.

Karl schüttelte den Kopf über seine Grillen und machte sich auf seinen Frühmorgengang.

Nicht lang, dann öffnete sich wie jeden Morgen die Hühnerstallklappe. Gottseidank war Karls

Frühstück beendet, da war es ihm egal, wer jetzt auf Körner- und Käfersuche ging.

Warum kamen denn die Hühner nicht heraus? Hugo ließ sich auch nicht blicken. Doch, da guckte die kleine Erna neugierig um die Ecke. Als sie einige Schritte gelaufen war, erkannte Karl den Grund für alles Merkwürdige heute Morgen.

Mit schrillen Schreien, langgezogenen Pfiffen, kreiste plötzlich ein großer Vogel mit heller dunkel gestreifter Unterseite über Erna. Noch einen kurzen Augenblick, dann stürzte er sich auf den Rücken des kleinen Huhns. Karl nahm allen Mut und alle Kraft seines schweren Körpers zusammen. Er rannte auf den Raubvogel zu, warf sich mit der Brust gegen ihn, hackte ihn mit seinem Schnabel auf den Kopf.

„Ääk-ääk-ääk, eck-eck-eck", warnte er und rief nach Verstärkung.

Wo blieb Hugo? Endlich erschien der, rannte nun auch auf den Hühnerfeind zu. Mit vereinten Kräften gelang es den beiden Hähnen, den Raubvogel in die Flucht zu schlagen. Karl und Hugo schlugen stolz mit den Flügeln.

„Ki-ke-ri-kiih, Ki-ke-ri-kiih."

Herumliegende Hühner- und Habichtfedern bezeugten die vergangene Heldentat.

Die veränderte Lage würde Karl in Kürze mit Smaartcock diskutieren müssen. Und anderen Gesprächsbedarf gab es ja leider auch genug.

Federn gelassen

Das war eine schreckliche Erfahrung gewesen. Der große Vogel – von Hugo war er als Hühnerhabicht bezeichnet worden – hatte seine Krallen in Ernas Rücken geschlagen und ihr eine Reihe von Federn ausgerissen. Gottseidank hatten Herr Karl und später auch Hugo sie mit ihrem Todesmut verteidigt, so dass sie dem Raubvogel entkommen war. Das Leben auf so einem Hühnergelände vermittelte tatsächlich mancherlei Erfahrung. Aber auf Praxis hätte Erna doch liebend gern verzichtet. Sie hatte es Mama Betty gleich gesagt. Sie legte gar keinen Wert darauf, war völlig zufrieden damit, was sie theoretisch über das Hühnerleben wusste. Vielleicht würde Mama Betty sie sogar früher wieder nachhause holen? Nicht erst im Herbst?

Ein monotones Brummen kündigte Besuch an. Bestimmt wollte Frau Bellersheim die Hühner füttern und dann wieder ihre Eier stehlen. Eine Tür wurde geöffnet, dann zugeschlagen.

„Putt-putt-putt."

Erna jagte den Körnerkaskaden nach, die Aufregung heute Morgen hatte Hunger gemacht.

Als Erna fürs Erste satt war, lief sie ganz schnell zum Hühnerstall. Frau Bellersheim hatte angefangen, die Wanne mit den Dinkelspelznestern zu durchwühlen. Ein Ei nach dem anderen fand den Weg in die Pappen.

„Hallo, Frau Bellersheim."

Eine Stimme vom Zaun der Wiese. War das nicht Bettys Stimme?

„Hallo, Betty", antwortete Frau Bellersheim.

„Hast du denn heute keine Schule?"

„Wir haben einen beweglichen Ferientag. Aber wenn Sie einen Moment Zeit haben, möchte ich Ihnen gern etwas zeigen."

„Einen Augenblick noch, Betty, ich komme gleich an den Zaun. Muss nur noch den Rest der Eier suchen."

Erna war ganz still. Betty hatte sie noch nicht entdeckt, sonst hätte sie sie bestimmt schon gerufen. Sie wollte sie doch früher zurückholen! Hatte genauso Heimweh nach ihr wie Erna nach ihrer kleinen Mama. Erna drückte sich hinter Frau Bellersheim und folgte ihr bis zum Zaun.

„Was hast du denn da in deiner Jacke?", fragte die Große Mutter.

„Schauen Sie mal! Ist sie nicht süß, Frau Bellersheim. Das ist Bella, mein Bichon. Das ist Französisch und heißt Schoßhündchen."

„Wie groß wird sie denn, wenn sie erwachsen ist?", wollte Frau Bellersheim wissen.

„Ach, die bleibt immer so klein, wie sie jetzt ist. Deshalb wollte ich sie ja unbedingt haben. Hühner sind ja auch süß", fuhr Betty etwas zögernd fort, „wenn sie Küken sind. Aber sie bleiben halt nicht so goldig."

„Hühner sind nicht nur goldig, Betty, die sind ja auch nützlich."

„Klar, Frau Bellersheim, und deshalb hab ich Ihnen ja auch mein Huhn überlassen. Die kann jetzt den ganzen Sommer bei Ihnen Eier legen und sich nützlich machen."

Frau Bellersheim schwieg einen Augenblick. Dann fragte sie:

„Wie lange hast du das Hündchen denn schon? Das macht doch anfangs sehr viel Arbeit. Du musst immerhin jeden Tag zur Schule gehen."

„Ich habe Bella jetzt seit vier Wochen. Und das mit der Arbeit und der Schule ist mir egal. Ich hab Bella doch so lieb, da spielt sowas keine Rolle."

Die Große Mutter streichelte Bellas schönes Köpfchen.

„Und im Herbst? Willst du denn dein Huhn dann wiederhaben? Ihr habt ja einen so großen Garten und auch ein Gartenhaus, da kann sie doch herumlaufen und bei Kälte drinnen übernachten, wenn du sie nicht mehr im Haus halten willst", sagte sie.

Das fand Erna jetzt richtig nett von der Großen Mutter. Wollte bei Betty eine Lanze für sie brechen. Aber schöner wäre es, wenn die kleine Mama selbst auf die Gedanken gekommen wäre.

„Nein, nein, Frau Bellersheim", antwortete Betty da schon in Ernas Gedanken hinein, „Bella verträgt sich nicht mit anderen Tieren, die braucht Haus und Garten für sich allein, sonst wird sie nervös. Sie ist nämlich eifersüchtig."

Frau Bellersheim schwieg wieder, noch einen Augenblick länger als zuvor.

„Ich glaub, heute Morgen war der Habicht hier. Schau, da liegen überall Federn herum", sagte sie und deutete mit der Hand auf das Gewölle.

Sie gab Betty die Hand.

„Viel Freude noch mit deinem Tierchen", sagte sie, stellte die Pappen mit den Eiern in ihr Automobil und fuhr davon. Betty winkte der Großen Mutter kurz hinterher, dann machte sie sich mit ihrem Hündchen auf den Weg in Richtung Dorf.

Erna hatte die ganze Zeit hinter Frau Bellersheims Beinen gestanden, Betty zugehört und sie angeblickt. Aber die kleine Mama hatte sie anscheinend überhaupt nicht gesehen. Und auch zum Schluss, als sie ganz allein auf der Wiese zurückgeblieben war, hatte sie keinen einzigen Blick auf das einsame Hühnchen verschwendet.

Erna rannte zurück zu ihrem Rosenstrauch und vergrub sich im Staub ihrer Kuhle.
Wenn sie hätte weinen oder schreien können, wäre ihr Geheul bis ins nahe Dorf gedrungen.
Aber Hühner leiden still.

Wo eine Tür sich schließt, öffnet sich eine andere

Erna war am Abend nicht ins Hühnerhaus gegangen. Sollte der böse Vogel sie ruhig in der Nacht holen, war doch sowieso egal. Dann hatte sie aber dennoch die ganze Nacht gut in ihrer Kuhle unterm Rosenbusch geschlafen. Sie hatte die Hühnerstange eigentlich gar nicht vermisst.

Wach wurde sie von schweren Schritten in ihrer Nähe. Ob der Habicht nach ihr suchte und sich gleich auf sie stürzen, sie in Stücke reißen und dann verschlingen würde? Nein, es war nur der liebe Herr Karl auf seiner Futter-Frühmorgen-Runde.

„Guten Morgen, Herr Karl!", rief Erna.

Der Brahma drehte sich in Ernas Richtung und schüttelte den Kopf.

„Awwer, Klaa, was mechsde dann fier dumm Geschischt? Hingelscher gehern uff de Stang im Stall. Es kann der doch wer weiß was bassiern, wann de hier unne uffm Bode schlaafe dust. Do kennt isch mer zukünftisch de Mih sparn, disch vorm Habischt ze redde, ned wahr?"

„Für die Rettung, Herr Karl, möchte ich Ihnen sehr danken. Das war mutig!"

„Isch bin selwwer erstaunt iwwer misch. Isch hädd mer des gar ned zugedraut. Awwer, wie's nu emol is, im Lewe hadd mer aach ab unn zu e gude Iwerraschung.

„Wissen Sie, ich bin sehr traurig."

„Ei, warum dann? Bist gesund gebliewe, bist e knackisch klaa Hingelsche, soweit des dä aale Kall noch beurdeile kann, hast fast noch der ganze Sommer vor der – was will mer meh?"

„Ich habe gestern Frau Bellersheim belauscht. Die hat mit meiner Mama Betty gesprochen, und die wird mich im Herbst nicht wieder zu sich holen."

„Des mid dem Lausche hasde dir e bissie aagewehnt, gelle?"

Herr Karl lachte und drohte mit der Zehe.

„Gugg emol", fuhr er fort. „Mein Babba, der wird misch aach ned meh von hier fordd hole. Dä werd's vielleischt wolle, awwer dä kann's ned. Dä iss so aald, der sitzt jetzt im Aldersheim unn dreht Däumscher. Unn deshalb, Klaa, is des hier aach mei endgültisch Bleiwwe, ned wahr?"

„Sind Sie denn nicht traurig darüber, Herr Karl?"

„Kind'sche, bei mir is des so. Isch bin aald, da is ned meh viel, des wo der Schbass macht. Unn da sacht mer sisch. ,Wie's kimmt, so werd's gefresse.' "

„Sie wollen mir bestimmt damit sagen, ich soll mir nicht dauernd den Kopf zerbrechen, sondern versuchen, in den Tag hineinzuleben. Und mich meines Lebens und des Sommers zu freuen?"

„Genau. Errade!"

„Ich werd's mir merken. Darf ich aber noch eine persönliche Frage an Sie richten, Herr Karl?"

„Imma enaus dademit!"

„Denken Sie auch in der Sprache, mit der Sie sprechen? Das stelle ich mir nämlich schwierig vor."

„Kindsche. Des iss alles nur en Drick. Den had mer mein Babba beigeboje. ‚Babbel de Leud mid Pladd inn Kobb enoi, da hern die gar ned, was de sachst. Unn dann kannsde die oinseife, ohne des die des mergge.' Unn des hab isch mer gemerggt unn mach des aach so. Awwer denke – nä, des is leischter, wenn de des in Hingelhochdeutsch mechst."

Der große Hahn hatte etwas auf dem Boden entdeckt, er pickte mit seinem Schnabel danach und schien Erna vergessen zu haben.

„Auf Wiedersehen, Herr Hahn", sagte Erna.

„Mer sieht sisch, Klaa", antwortete Herr Karl und trampelte davon.

Ein Tag für Helden

Nach seiner todesmutigen Heldentat gestern konnte Hugo den Angeboten seiner Hennen kaum Folge leisten. Eine lange Reihe williger Hühner, die darauf warteten dranzukommen. Es war nun mal nichts erfolgreicher als der Erfolg!
Das war die angenehme Seite der Angelegenheit. Die andere war die Gefahr aus der Luft, die nun allgegenwärtig sein würde und eine Herausforderung für die beiden Hähne darstellte, ihr zu begegnen. Das Alter von Herrn Karl, das Hugo

bis hierher sehr angenehm gewesen war, würde jetzt vermutlich zum Problem werden.

„Wir machen morgen weiter", sagte Hugo zu den wartenden Hennen. „Ich muss nachdenken."

Dazu erhielt er aber nur kurz Gelegenheit. Das monotone Brummen kündigte den Besuch der Großen Mutter an.

Türenschlagen, „putt-putt-putt", Körnerkaskaden, Rennen, Laufen. Eiersuche in der Nestwanne, Pappen. Und dann zum zweiten Mal ein monotones Brummen. Ein bisschen tiefer als das erste.

Aus dem zweiten Automobil stieg ein federloser Zweibeiner. Sein Kopfschmuck, der aus dünnen schwarzen Fäden bestand, war zu einem Schwanz zusammengebunden, der traurig auf der Hinterseite des Lang-Zweibeiners herunterfiel. Um die Stirn war ein Band in der Farbe von Hugos Kamm gebunden. Unter dem rechten Arm steckte ein Pappkarton.

„Guten Tag, Frau Bellersheim. Franziska hat angerufen."

„Einen Moment, Alphonse. Ich komme zum Tor."

Hugo schlich sich schnell hinter die Große Mutter, heftete sich an ihre Fersen. Er wollte kein Wort verpassen. Frau Bellersheim balancierte die Pappen mit den Eiern in der rechten Hand und eilte zum Zaun.

„Kommen Sie herein", sagte sie und öffnete das Tor.

Herr Alphonse stellte seinen Pappkarton auf den Boden und bog die beiden Deckel nach außen. Tiefschwarze Schwanzfedern mit grünlichem Glanz, ein goldbrauner Hals, ein an den Seiten leicht getupftes Federkleid. Ein dunkelroter Kamm über einem hochroten Gesicht. Rote Kehllappen und weiße Ohrscheiben. Ein kräftiger und – das musste auch Hugo zugeben – imposanter jugendlicher Hahn entstieg dem Karton, hüpfte mit mehreren langgedehnten Krährufen – tief, hoch, tief – und Flügelschlagen heraus.

„Darf ich vorstellen", Herr Alphonse verneigte sich für seinen Hahn, „das ist Che über den Berg."

„Also von Adel und Rasse, nehme ich an, Alphonse. Wirklich ein schönes, stolzes Tier. Hoffentlich ist er nicht so rebellisch wie sein menschlicher Namensvetter aus Argentinien."

Herr Alphonse schien einen Moment lang nachzudenken, er kratzte sich mit der rechten Hand in den langen dünnen Fäden am Kopf. Dann lachte er und nickte. Frau Bellersheim kickte Che leicht mit ihrem Bein in Richtung der anderen Hühner.

„Ich muss Ihren Rassehahn ein bisschen ans Nutztierleben gewöhnen", erklärte sie.

„Che ist genauso ein Tier wie alle anderen hier, Frau Bellersheim. Wär ja schlimm, wenn wir jetzt auch im Tierreich den Rassismus einführen würden, nicht wahr?"

Frau Bellersheim verzog leicht das Gesicht, schüttelte etwas den Kopf.

„Aber Eier legen kann er nicht, gell? Oder ist er da auch schon wie alle anderen Hühner?"

Der Besucher wusste daraufhin nichts zu entgegnen. Er schwieg.

Die Große Mutter nahm nach einer Weile den Gesprächsfaden wieder auf.

„Dieser Hahn kommt aber nicht aus der Elterntierfarm, nicht wahr?"

Alphonse blickte Frau Bellersheim an.

„Ich verstehe nicht ganz, was Sie meinen", antwortete er.

„Na, ich glaube doch. Vor drei Jahren waren Sie immerhin mit Franziska, sagen wir mal, dort unterwegs. Franziskas Mitbringsel lebt hier auf der Hühnermobilwiese. Schauen Sie mal hinter meine Beine, da hat er sich gerade hin verdrückt. Das ist unser Hugo."

Die Große Mutter winkelte das rechte Bein vor sichtig an und streckte es nach hinten, Hugo wurde sichtbar, Frau Bellersheim lachte.

„Franziska hat mir erzählt, dass Sie damals auch etwas in der Hühnerfarm, nennen wir es „requiriert" hätten. Aber Ihr Hahn hier, der ist ja wesentlich jünger."

Herrn Alphonses Gesicht hatte plötzlich eine ganz andere Farbe, fand Hugo. Die Farbe sah wie das Federkleid der Leghornhybriden hier auf dem Gelände aus. Vielleicht noch heller, so dass das Stirnband jetzt besonders auffiel.

„Das ist schon so lange her, Frau Bellersheim, daran kann ich mich überhaupt nicht mehr erinnern. Tut mir sehr leid."

Wieder lachte die Große Mutter.

„Franziska hat mir noch etwas erzählt. Sie machen jetzt Karriere, nicht wahr? Im Landwirtschaftsministerium."

„Nicht direkt im Ministerium. Nur im wissenschaftlichen Beirat", stellte Herr Alphonse richtig.

„Da fallen Sie ja die Treppe wirklich schön hoch. Und können als engagierter Tierrechtsaktivist endlich etwas für Tiere tun! Setzen Sie sich mal für Hühner, Schweine und Kühe ein, die haben nämlich keine eigene Stimme. Genauso wie wir Bauern. Der ruinöse Wettbewerb und die viel zu niedrigen Preise, wir müssen doch davon leben. Dadurch zwingt man uns zu Maßnahmen, die wir selbst nicht wollen. Und viele müssen einfach aufgeben!"

„Liebe Frau Bellersheim, ich verstehe Ihre Sorgen voll und ganz. Seien Sie versichert, dass ich mich in meiner Funktion in Wiesbaden mit aller Kraft für das Tierwohl einsetzen werde. Aber Tierschutz und Tierrecht müssen natürlich auch praxistauglich sein, es geht immer um Realpolitik.

„Aha", gab Frau Bellersheim zur Antwort. Sonst nichts.

Herr Alphonse war beim letzten Wort der Großen Mutter zu Che gegangen, der in einiger Entfernung, nun umringt von einer zahlreichen Schar weißer Hühner, zu warten schien. Und auch Erna, deren schwarzweißes Gefieder immer so hervorstach, war dabei. Jetzt sprang der stolze

Hahn voller Zutrauen auf den Arm des Besuchers, Alphonse holte mit der anderen Hand Körner aus seiner Jackentasche und breitete sie auf der Handfläche aus. Che begann aus der Hand zu fressen.

„Wie zahm er ist! Er scheint ganz auf Sie geprägt zu sein! Werden Sie ihn denn im Herbst wieder holen, Franziska hat Sie sicher über alle Unwägbarkeiten unterrichtet, nicht wahr?"

„Das hat Franziska getan. Und sie hat mir auch erzählt, dass gestern der Habicht da war und Sie noch einen Hahn gut gebrauchen können. Und mein Che hier, der wird auf Ihre Hennen aufpassen! Ein ausgezeichneter Wachsoldat ist er, glauben Sie mir! Nein, ihn im Herbst wieder zu mir holen, das wird nicht gehen, leider! Dienstverpflichtungen, Dienstreisen, na ja, Sie können sich das sicher vorstellen."

Frau Bellersheim gab hierauf keine Antwort, schwieg eine Weile.

„Hat er irgendwelche Rassemerkmale, die ich kennen sollte?", fragte sie endlich.

„Ein bergischer Kräher wie Che kann recht gut fliegen, da muss man ein bisschen aufpassen, dass er nicht abhaut. Und eine Führernatur ist er, das werden die anderen Hähne auf der Wiese recht bald feststellen. Was das Verhältnis zum Menschen betrifft, ist er eher scheu. Außer bei mir natürlich", fügte Alphonse hinzu.

Er bewegte ein bisschen den Arm, auf dem Che saß, beförderte den Hahn hinunter auf den Boden.

„Also, mein Guter, dann genieße auf jeden Fall den Sommer, und vergiss den alten Alphonse nicht!", sagte er.

Er verbeugte sich leicht vor Frau Bellersheim, schüttelte ihre Hand.

„Danke, dass Sie ihn genommen haben. So brauch ich mir kein Gewissen zu machen."

Eine Tür, ein tiefes Brummen, Alphonse verschwand am Hühnerhorizont.

Hugo sah auf Che. Kleinlaut sah er aus. Von wegen Führernatur, alles Heldenhafte war aus seiner Erscheinung verschwunden.

Heh, Che!

Mit den vielen neugierig blickenden Hühnern um sich herum fühlte sich Che sozial total überfordert. Seit er Bewusstsein besaß, war Alphonse sein einziger Gefährte – und sein Vater gewesen.
Von einem Hühnerzüchter als Ei gekauft, war er unter der Brutlampe ausgebrütet worden. Herr Alphonse hatte schon mit ihm gesprochen, als er noch im Ei gewohnt hatte, und beim Schlüpfen hatte er daneben gesessen.

Das alles wusste Che nur aus zweiter Hand. Sein Vater hatte ihm seine Vita genauso erklärt, und bisher hatte er alles bis aufs Wort geglaubt.

Sein Zutrauen zu Alphonse hatte heute allerdings einige Risse bekommen. Wenn er richtig gehört hatte, so sollte er jetzt bis an sein Lebensende auf dieser Hühnerwiese und bei diesen Hühnern leben. Hühner-Theorie – doch, das hatte ihm Vater beigebracht. Was angeborenes Verhalten bei Hühnern war, wo sie gerne schliefen, was sie am liebsten fraßen, warum Hähne sich für Hennen interessieren, dass sie gern im Freien laufen und nach Futter picken, wie sie sich mit ihren Hühnergenossen verständigen. Vater war Experte, der Verfasser des Buches „Die Grenzen des Hühnerwachstums".

Hühnerpraxis – das war im Falle von Che's Menschen-geprägter Individual-Existenz allerdings absolute Fehlanzeige! Che konnte lesen, Französisch, Spanisch, Englisch, ja. Er wusste, was sein Name bedeutete und warum ihn Alphonse so genannt hatte. Er kannte die Grundzüge von Karl Marx' „Das Kapital" und die zehn Gebote auswendig. Er hatte einiges über die Guerillabewegungen Südamerikas gehört und konnte den Tierschutzparagraphen aus dem Grundgesetz aufsagen. Aber würde ihm all seine Bildung und Belesenheit bei diesen Hühnern etwas nützen?

„Reiz der Idee, Pleite der Praxis", dieses Buch hatte in Alphonses Bücherregal gestanden. Ein schlechtes Omen?

Warum hatte sich der Kreis der Hühner, die ihn am Anfang umringt hatten, gelichtet? Mochten sie ihn nicht? Machte er irgendetwas falsch? Und was ihn in der letzten Minute bewegt hatte, war noch unerklärlicher. Die Hühner, die geblieben waren, duckten sich alle tief auf den Boden. Bis auf das kleine schwarzweiße. Das stand jetzt in einiger Entfernung, schien ihn zu beobachten. Die bodennahen blickten ihn erwartungsvoll an. Was wollten die? Che versuchte sich an alles zu erinnern, was ihm Alphonse zur Hühnerkörpersprache beigebracht hatte. Klar, jetzt fiel es ihm wieder ein. Die wollten Sex!

Nicht das schlechteste! Hier und jetzt seine Jungfräulichkeit verlieren. Che suchte blitzschnell alle Informationen über Kopulation in seinem Kopf zusammen. Auf den Bildern im Hühnerlexikon von Alphonse hatte er ja schon gesehen, wie's der Hahn machen muss. Er richtete sich auf, schritt ein paar Mal um die Hennen herum, ließ seinen lauten Krähruf ertönen – und dann stieg er auf die erste Henne auf, krallte sich in ihren Körper, pickte sie ein, zwei Mal in den Kamm. Ging doch wie geschmiert, dachte Che – und wirklich schön war es auch. Das schrie geradezu nach Wiederholung! Che schlug mit den Flügeln und widmete sich der nächsten.

Als er von ihr heruntersteig, wurde er von der Seite angestoßen. Ein dicker großer, bestimmt ziemlich alter Hahn hatte ihn angerempelt. Che's Halsgefieder sträubte sich. Ganz von selbst, da brauchte er gar nicht vorher zu überlegen.

„Nur kei Furscht, Berschche", sagte der alte Hahn. „Isch will der nix due, isch will disch nur e bissie warne, ned wahr. Wann de uffn fremde Hingelhoop kimmst, kannsde ned son Affezigguss veranstalde, so laud unn lang krähe, da wecksde ja selbst en Dode uff. Unn dann besteigsde aach noch de Hingel, die wo dem Hucho gehern. Mach disch ab, der kimmt glei, do kannsde Gift druff nemme, mein Liewwer. Laaf, so schnell de kannst, nemm dei Baa uff dein Buggel, do hinne is noch en freie Blatz unnerm Rosebusch, do kannsde disch versteckele, bis der Hucho sisch abgerescht hod."

Irgendwie hatte Che das sichere Gefühl, dass der alte Hahn es gut mit ihm meinte. Er rannte zum Rosenbusch.

„Mer sieht sisch", rief Herr Karl ihm nach.

Gemeinsam stark

Hugo hatte den Krähruf natürlich gehört. Und konnte sich lebhaft vorstellen, was danach abgelaufen war. Gerade noch kleinlaut herumstehend, hatte sich dieser junge Hahn offensichtlich innerhalb kürzester Zeit zu einem agilen Heißsporn entwickelt.

Vorigen Sommer hätte das Hugo noch fuchsteufelswild gemacht und sofort auf den Plan gerufen. Aber heute hatte er nach den Körnerkaskaden und dem Belauschen des Gesprächs von der Großen Mutter und Herrn Alphonse erst einmal ein ausgiebiges zweites Frühstück genommen und sich danach zu seiner Lieblingskuhle begeben. Denn seit diesem Sommer war in den drei Lieblingsbeschäftigungen eine Prioritätsverschiebung eingetreten. An erster Stelle stand das Fressen. An zweiter Stelle jetzt das Sandbaden und erst an der dritten Stelle das Hennentreten, für Hugo manchmal nur Pflichtübung.

Ach was! Die Sonne schien, der Magen war gefüllt, der Sand war warm, der Sommer noch jung und außerdem: Hatte er nicht vor einiger Zeit intensiv darüber nachgedacht, dass er Entlastung brauchen könnte? In der Ruhe liegt die Kraft, dachte Hugo und spreizte die Flügel.

„Uo, uo."

Hugo spitzte die Ohrscheiben.

„Uo, uo. Korr, korr, kirr, kirr."

Das waren eindeutig Warnrufe! Hugo stieg aus seinem Sandbad und blickte vorsichtig um sich. Che stand in der Mitte der Hühnerwiese. Neben ihm der alte Karl.

„Kirr, kirr. Korr, korr."

Jetzt hatten die Hennen es auch gehört. Wie wild stoben sie in alle Richtungen auseinander. Ein ohrenbetäubendes Stimmengewirr erhob sich.

Hugo blickte nach oben. Hell mit schwarzen Streifen. Der Hühnerhabicht war zurück.

Lange, schrille Pfiffe. Der Raubvogel zog seine Kreise immer tiefer, dann stürzte er sich auf das erste Huhn.

Hugo überlegte nicht lang. So schnell er konnte lief er in Richtung der weißen Henne, in die der Habicht schon seine Krallen geschlagen hatte. Aber dieses Mal war es zu spät. So viel das Huhn auch gackelte, wie gellend es auch schreien mochte, der Hühnerhabicht flog mit ihm davon.

Schnell lief Hugo in die Mitte der Hühnerwiese. Che, Karl und nun auch Herma warteten dort. Viel Zeit, um einen Schlachtplan zu entwerfen, blieb nicht. Das wusste Hugo und ahnten die anderen. Der Habicht würde wiederkommen. Und je mehr Hühner ihm zum Opfer fielen, umso stärker würde sein Verlangen zu töten sein. Hugo erinnerte sich an die Folgen des Blutrausches, in den der Habicht vorigen Sommer verfallen war. Viele Hühner – so viele, dass Hugo nicht die Zahl herausbekommen hatte, denn er konnte nur bis dreißig zählen – hatten auf dem Boden gelegen. Der Habicht hatte sich nicht einmal mehr die Mühe gemacht, die Hühner weg zu transportieren.

„Wir werfen uns alle gemeinsam gegen ihn", befahl Hugo. „Und hacken müsst ihr. Gemeinsam sind wir stark!"

Karl, Herma und Che nickten.

Beim vierten Huhn gelang der Plan. Vier Todesopfer, drei verschwunden, das letzte Huhn blutverschmiert und am Rücken fast kahl auf der Hühnerwiese liegend. Aber überall auch Habichtfedern.

Für dieses Mal hatte der Habicht genug, das wusste Hugo. Aber die Große Mutter würde Abhilfe schaffen – und das würde einiges auf der Wiese verändern und mögliche Pläne vereiteln.

Wenn er auch nach vollbrachter Leistung mit Karl, Che und dem Oberhuhn stolz die Flügel zusammenklatschte – Hugo ärgerte sich.

Nicht nur, dass er manche Tage erschöpft war, nein, sein zunehmendes Alter machte sich auch anders bemerkbar. Sein Gewissen meldete sich dann und wann. Manchmal erwischte er sich tatsächlich bei Gedanken an seine Mithühner. Was war er für ein rührseliger alter Gockel geworden!

War es richtig, sein Geheimwissen diese Saison auch wieder für sich zu behalten? Hinzu kamen seine Befürchtungen, die Große Mutter und ihn selbst betreffend. Hühnerhaltung war für sie ein Rechenexempel. Sie musste davon leben. Karl und Che, die hatte sie aufgenommen, weil sie ihm allein nichts mehr zutraute. Und die kosteten Futter, und Futter war teuer. Hugo war sicher, dass dieser Sommer auch für ihn der letzte sein würde. Er musste vorher handeln!

Teamwork? Den äußeren Feind hatten sie fürs Erste gemeinsam besiegt. Ob das auch nach innen funktionierte? Karl und Che, vielleicht auch Herma ins Vertrauen ziehen und gemeinsam Pläne entwerfen? Erna? Nein – das kleine Sensibelchen konnte man nicht mit derlei Dingen belasten.

Hugos Vorhaben nahm Gestalt an.

Hähne sind Schweine!

Was war dieser Che doch für ein Halunke! Erst hatte er so scheu und unschuldig getan. Und dann das! Wie das schöne Äußere eines Hahns doch täuschen konnte! Natürlich hatte sich Erna vom ersten Augenblick an in ihn verguckt. Der schöne schwarze Schwanz, der Glanz seines Gefieders, die blaugrauen eleganten Läufe, die attraktiven Punkte auf seinem Gefieder. Und erst seine Augen. Ein leuchtendes Orange! Sein langer Krähruf hatte sie atemlos gemacht.

Dass er danach aber gleich zur Tat geschritten war und zwei Hennen bestiegen hatte – Che war eben genauso wie Hugo ein hypersexualisiertes Schwein! Sie würde sich hüten, ihn zum Vater ihrer Küken auszuwählen.

Betty hatte ihr das Sexualverhalten von Hühnervögeln genau erklärt. Natürlich lebte die Masse der Hähne polygam. Und auch den Hühnern kam es nicht darauf an, die duckten sich fast für jeden. Aber die monogamen Partnerschaften, die gab es auch. Zumindest für einen Sommer. Und so stellte sich Erna eben ihr Liebesleben vor.

Ob sie überhaupt jemals eine Familie haben würde? Bisher hatte sie nur ein einziges Ei gelegt, während die anderen Hennen fast jeden Tag auf den Nestern saßen. Denen schien es auch nichts auszumachen, dass ihnen die Eier jeden

Tag wieder weggenommen wurden. Was ständig nachkommt, ist nicht einzigartig und damit weniger wertvoll, so erklärte sich Erna den Zusammenhang. Warum sie selbst erst ein Ei gelegt hatte, das verstand sie nicht. Betty würde sie nie mehr fragen können, die hatte sie verraten und verlassen, vielleicht sogar verkauft! Vielleicht wusste Herr Karl etwas? War noch ganz schön mutig, der alte Herr. Erna war voller Bewunderung für die Hähne und Herma gewesen, wie sie sich dem Habicht entgegengestellt hatten. Und Che hatte eine sehr gute Figur bei dem Kampf gemacht, eigentlich die beste, fand Erna. Ein bildschöner Hallodri!

Gutes Erbgut, schöne Kinder?

Herrn Karl jetzt zu fragen, war sicher nicht möglich. Er hatte sich unter seinen Rosenbusch zurückgezogen und würde eine Zeitlang schlafen, um die Strapazen des Kampfes zu überwinden. Sie würde heute Abend einfach nicht ins Hühnerhaus gehen, sondern unter ihrem Rosenbusch warten. Über einen Besuch in dämmriger

Abendstunde würde sich Herr Karl bestimmt freuen. Und dann konnte sie ihn in aller Ruhe nach allem fragen, was sie bewegte.

Konspirativ

Die Sache duldete keinen Aufschub! Vermutlich hatte die Große Mutter noch alle Materialien vom letzten Sommer. Da war wenig zu bestellen oder zu kaufen. Sie würde vielleicht ein bisschen etwas ausbessern müssen, aber das war in ein, zwei Tagen erledigt. Dann würde sie kommen, alle Vorbereitungen treffen, ein, zwei Tage arbeiten – und dann Ende Gelände!

Alle Hühner zu informieren – nein, diesen Gedanken verfolgte Hugo nicht weiter. Das würde Chaos erzeugen und dem Plan und seiner Realisation alles andere als dienlich sein. Zunächst war nur eine Besprechung mit den Eliten angesagt. Bei denen konnte man sich darauf verlassen, dass sie mit Herrschaftswissen umgehen konnten. Sie würden zunächst schweigen, überlegen, daraufhin Pläne machen, dann entscheiden und final handeln. Sie würden nicht alle ungelegten Eier hinauskrähen.

„Heh, Che!"

Hugo trat ganz nah an den jungen Hahn heran, der gerade begonnen hatte, in Hugos Nähe nach Würmern und Käfern zu picken.

„Bleib heute Abend draußen! An sich gehen alle Hühner abends in den Hühnerstall da drüben, weil's wegen Fuchs und Habicht natürlich sicherer ist. Der Habicht muss sich aber erst mal von seinen Blessuren und dem Schock erholen, der kommt heute Nacht bestimmt nicht. Der jagt sowieso eher morgens. Ist deshalb ein guter Zeitpunkt, und ihr werdet noch merken, dass die Sache eilt. Wir treffen uns vor Karls Rosenhaus. Ich informiere ihn gleich auch. Und niemandem etwas von unserem Treffen verraten, hörst du?"

Che nickte, drehte sich um – und pickte weiter.

„Dein Phlegma wird dir noch vergehen, du blöder Jungspund", dachte Hugo und stolzierte in Richtung von Karls Rosenbusch davon.

Hugo duckte sich flach auf den Boden, um durch die Zweige von Karls Rosenrefugium blicken zu können. Karl schlief, seine Augen waren geschlossen, die Flügel ausgebreitet.

„Karl, bist du wach?", fragte Hugo.

Karl regte sich nicht.

Hugo schlug etwas mit den Flügeln, so dass ein bisschen Staub aufwirbelte.

Jetzt blinzelte Karl mit einem Auge.

„Warim wecksde misch dann am hellischte Daach uff? Isch däd misch gern e bissie erhole no dem ganze Schregge, wann de nix dadegeje häddst, Hucho. Also – geh mer aus de Sonn, isch will ruhe."

„Du kannst gleich weiterschlafen, Karl. Ich will dich nur von etwas in Kenntnis setzen. Und das duldet keinen Aufschub."

„Schie langsam, erst emol. Was hasde dann Weltbewejendes ze verkinde?"

„Nur so viel, Karl. Die Eliten treffen sich heute Abend vor deinem Haus. Zeit: Wenn die Hühnermobilklappe sich geschlossen hat. Behalte bitte alles in diesem Zusammenhang für dich. Du wirst heute Abend unzweifelhaft erkennen, von welcher Bedeutung die Geheimhaltung ist. Adieu!"

„Momendemol! De Elide? Was maansde dann dademit?"

„Jetzt tu nicht so naiv, Karl. Die Hähne natürlich. Und gegebenenfalls auch noch Herma."

„Aha."

Karl schwieg einen Augenblick.

„ Gud, moinsweje. Jo", erwiderte Karl und schloss wieder die Augen.

Jetzt fehlte nur noch Herma.

Herma und Liesl saßen zusammen auf den drei aufeinander gestapelten Autoreifen, die sich in der Ecke vor der Baumgruppe befanden.

„Komm mal von oben runter, Herma. Ich möchte dir etwas mitteilen."

„Hast du einen Termin?", fragte Liesl schnippisch.

„Halt deinen Schnabel, du dämliche Spinatwachtel", gab Hugo zurück.

„Ich darf doch sehr bitten. Mäßige deinen Ton gegenüber meiner Sekretärin."

„Wer nicht will, der hat schon", grummelte Hugo, drehte den beiden Damen den Rücken zu und ging davon.

Versammlung

Was war das denn? Erna hatte genau gehört, dass sich die Hühnerstallklappe schon geschlossen hatte. Was machte der Hugo auf der Wiese, der ging doch sonst immer als erster in den Hühnerstall! Jetzt schlich er sich in Richtung von Karls Rosenappartement, blieb davor stehen.

Bewegte sich da hinten etwas auf der Wiese? Wenn das jetzt der Fuchs war? Erna drückte sich in ihre Kuhle. Das Etwas kam immer näher. Jetzt konnte Erna alles scharf sehen. Gottseidank, Che trippelte auf leisen Zehen zu Karls Haus, nun blieb er neben Hugo stehen. Die Zweige bewegten sich und der dicke Herr Karl kam heraus. Was führte dieses Hühnervogel-Triumvirat im Schilde? Was war so wichtig, dass die beiden jüngeren Hähne heute Nacht freiwillig auf die Sicherheit des Hühnerstalls verzichteten?

Erna war sofort klar, dass sie den Gründen für das merkwürdige Verhalten auf den Grund gehen musste. Während die drei Hähne eifrig ins Gespräch vertieft waren, würden sie auf die Umgebung nicht so achten. Erna rannte, so schnell sie konnte, zum elektrisch gesicherten Maschendrahtzaun, der das Gelände nach außen abschloss. Kurz davor stoppte sie ab, drückte sich nun vorsichtig daran entlang. Sie war jetzt so weit von der Gruppe der Hähne entfernt, dass die sie nicht würden erkennen können, kurzsichtig wie Erna selbst – das waren ja auch sie. Nicht lange, dann war Erna auf der Höhe von Herrn Karls Haus angelangt. An den Boden gedrückt und die Deckung des Rosenbusches ausnutzend, schlich sie sich an die Hahnenrunde heran.

„Ich fasse die ersten Ergebnisse zusammen, meine Herren: Die Sache eilt. Die Sache stinkt. Wir müssen also umgehend handeln. Wir schweigen gegenüber Dritten, bis wir das Gegenteil beschließen."

Das war Hugo.

„Wie mer des alles organisiere wolle, da hädde mer dadefoor aach noch e paa Wördcher auszetausche, ned wahr?"

Das war Herr Karl.

„Wir müssen, ausgehend von den Fakten, die du uns dargelegt hast, Hugo, Alternativen entwickeln. Erstens, wie wir unsere Mithühner informieren, zweitens, wie wir sie schulen, drittens aktivieren und schlussendlich auf die Reise mitnehmen können. Das wird uns nur mit einem stringenten, von logischen Prämissen geleiteten und damit überzeugenden Denksystem gelingen."

Che hatte das gesagt.

„Denkt über alles nach, zerbrecht euch die Köpfe, ich vermute, wir haben höchstens vier Tage Zeit. Und auch daran muss sich unser Plan orientieren, wenn er realistisch sein und Aussicht auf Erfolg haben soll. Wir sollten uns morgen Abend, um dieselbe Zeit, wieder treffen, meine Herren!"

Hugo.

„Wo däded ihr dann schlaafe wolle. Isch merk nämlisch grad, dass mer de Aachedeggel zuklabbe, unn wann ihr jedzd weider babbele dud, komm isch ned zur Ruh."

„Es ist ja für heute eigentlich alles gesagt", meinte Hugo. „Ich gehe hinüber zu dem unbesetzten Rosenbusch", entschied er.

Erna hörte ihn davon laufen.

„Ein bisschen Deckung für die Nacht, Herr Karl, bräuchte ich schon. Wenn ich mich ganz dünn mache, könnte ich dann vielleicht in Ihrem Rosenappartement mit übernachten?", fragte Che.

„Isch hädd e viel besser Idee. Des Rosehäusche do hinne, newer dene aale Reive, guck emol niwwer. Hasde heid des klaa Hingelsche gesehe, Ernasche haaßd se, mit dene schwarz Federn. Se is ned ganz schwarz, e bissie weiß hadse aach dadebei. Isch glaab, die steht auf disch. Unn isch waaß, dass die heid driwwe im dritte Rosehäusche schlaafe dud. Wann isch so jung wär als wie du, isch däd emol do driwwe aaklobbe, gell?"

Erna hörte nicht mehr, was Che darauf antwortete. Sie schlich sofort zum Zaun, drückte sich eilig daran entlang, bis sie nach wenigen Augenblicken an ihrem Rosenbusch angelangt war. Sie verschwand schnell in ihrem Haus.

Auf keinen Fall durften die drei Hähne herausfinden, dass sie gelauscht hatte. Was sie besprochen hatten, schien äußerst geheim zu sein.

Ernas Traum

Es sinkt
die Dunkelheit der Nacht
Und Tau
legt sich auf Dämmerwelt
Vom Dorf
ganz leise klingen Glocken
Mein Traum
in Silbersternen, Silbermond.

Erna duckte sich ganz tief in ihre Kuhle. Ob Che kommen würde?

„Ernasche, bist du da?"

Erna musste sich das Lachen verbeißen. Nur ja nicht losplatzen, das würde alles verderben. Sie war mittlerweile fest entschlossen, ihre Chance heute nicht zu verpassen.

„Wer begehrt Einlass?", fragte sie.

„Ich bin's, Che. Ich bin neu hier auf der Hühnerwiese und für heute Nacht würde ich einen Ort mit Deckung benötigen. Darf ich reinkommen?"

Erna bog mit ihrem Flügel einen Zweig zur Seite.

„Bitte eintreten", sagte sie. „Mein Name ist Erna, angenehm."

Sie verneigte sich.

Che lachte.

„Da hab ich deinen Namen ganz schön „verballhornt" – das Wort hat Herr Alphonse immer dafür benutzt. Ich danke dir für das freundliche Willkommen."

Che machte einen formvollendeten Kratzfuß.

„Du kannst dich neben mich legen, Che. Herumstehen kannst du nicht, dafür ist meine Rosenwohnung zu winzig."

Ernas Herz schlug bis zum Hals. Dieser schöne Hahn in ihrer Wohnung! Und keinerlei Konkurrenz, sie würde ihn die ganze Nacht für sich alleine haben.

Als Che neben ihr lag, duckte sie sich ganz tief. Che, mit den Erfahrungen des heutigen Tages ausgerüstet, verstand ihre Körpersprache.

Ernas Traum! Wenn die Nacht vorüber war, würde sie Che ihre Pläne enthüllen.

Der Morgen danach

Ganz leise hatte sich Erna von dem schlafenden Che weggeschlichen. Jetzt tippelte sie von einem Bein aufs andere, machte zwischendurch leichte Sätze, drehte kleine Liesl-Pirouetten. Ihr roter Kamm schlotterte bei jedem Schritt hin und her. Sie musste unbedingt den Herrn Karl fragen. Bestimmt würde er gleich zu seiner Frühmorgenrunde aufbrechen.

Sie setzte sich vor sein Rosenhaus und wartete. Nach einer Weile bewegten sich die Zweige und Karl der Große schälte sich heraus. Er schaute Erna verwundert an.

„Na, Ernasche, bisd ja schon so frih uff dei Baa? Hasde schlecht geschlaafe oder bisde e bissie uffgerescht?"

„Ich hatte Sie schon gestern Abend etwas fragen wollen. Deshalb habe ich auch im Rosenbusch geschlafen."

„Warum bisde dann gestern ned komme, Kind?"

Die Frage war etwas heikel. Sollte Erna zugeben, dass sie sich versteckt und wieder gelauscht hatte? Da wäre Herr Hahn vielleicht wütend und würde sie wegschicken.

„Zuerst war ich zu müde, um zu kommen, und hinterher ging es nicht mehr, da hatte ich dann Besuch."

Der dicke Gockel drohte mit der Zehe.

„Herrebesuch, gelle? Isch hoff, mer hadd Sschbass gehabt."

„Sie wissen ja alles, Herr Karl", sagte Erna. „Und deshalb möchte ich Sie etwas fragen."

„Enaus dademit!"

„Ich möchte gerne Küken haben. Die sollen von Che sein, das wünsche ich mir. Aber ich habe, seit ich hier bin, erst ein einziges Ei gelegt. Wie soll ich Kinder bekommen, wenn ich gar keine Eier legen kann?"

„Dreh disch emol erum, Ernasche", befahl Herr Karl.

Er musterte Erna eingehend.

„Wann misch mei Erfahrunge mit Rassegeflüjel unn dene Geflüjelrasse ned täusche, bisde en

Bergische Zwerg-Schlodderkamm. Die leje wenig, unn se leje späd. Desweesche seid ihr Schlodderkämm aach so selde, weil ihr fier den Hingelzüschder ned so von Nudze seid. Awwer schie bisde, Kind. De weiß Tupf an de Seid, de schwarz Federn mit de weiß Einsprengsel. Dass so e Hingelsche em junge Haaßsporn gefällt unn dä sisch fergugge dud, des kann mer sisch gud vorstelle."

„Sie meinen also, ich muss noch ein bisschen warten, dann kommt alles von ganz allein."

„Des iss e bissie iwwerdriewe. Des des Ganze bestimmde Aktione erffordderd, des waaßde doch seid heid Nachd. Unn wann de in dem Bereisch so rischtisch orsch fleißisch bisd, brauchsde der kei Sorje ze mache. De Bergische Schlodderkämm kenne nämlisch gud brüde, des waaß isch genau."

„Aber wenn die Große Mutter immer alle Eier holt, dann nützt mir mein Eierlegen ja auch nichts. Hugo hat zwar gesagt ..."

An dieser Stelle wurde Erna von Herrn Karl unterbrochen.

„Was hadd dä Hucho gesacht?", wollte er wissen.

„Dass die Große Mutter die Eier nur aufbewahrt und kühlt, damit, wenn ein Huhn Glucke werden will, sie ihm ein Ei zum Brüten geben kann."

„Dä Hucho is doch en Schlaukobb, des muss isch saaje", grummelte Herr Karl. „Des wär vorstellbar, isch kennt mir des vorstelle, des kann so sein hier uffm Hingelhoop", fuhr er fort.

„Ich habe ja auch geglaubt, was Hugo gesagt hat. Aber – ich habe hier noch kein einziges Huhn brüten sehen, obwohl die Hennen fast jeden Tag Eier legen. Das ist doch ganz komisch, finden Sie nicht?"

Der dicke Brahma schwieg, eine ganze Weile.

Er schien zu überlegen.

„Waasde, Ernasche, de Mensche, die züschte Hingel. Unn was ihne an dene Hingel besonners gud gefälld, des züschte se dann in de Hingelscher enoi. Mein Babba had emol gesacht, des wär e genedisch Manibulation. Unn weil's de Mensche am beste gefälld, wann de Hingel viel Eierscher leje, awwer gar ned brüde wolle, da hawwe se dene Hingel hier uffm Hoop ihrn Bruddrieb abgezüschd. Da brodesdiern die aach ned, wann mer ihne de Eier wegnimmt, dene is des völlisch egal. Isch sach ja: Brodesdiern, wann mer Lust hadd, des ist kaa Kunst, awwer simuliern ..."

Herr Karl stoppte mitten im Satz, er hatte offensichtlich den Faden verloren. Nach einer ganzen Weile hatte er sich wieder besonnen.

„Eijendlisch schad, gelle?", fragte er.

„Das finde ich auch sehr traurig, Herr Karl. Die armen Hühner haben ja dann gar kein natürliches Verhalten mehr."

„Ach, Ernasche, wann des nur die einzisch Sorje von dene Hingel wern, da kennt mer se allweil glücklisch nenne. Awwer jezdzd mussde gehe, isch hab en Mordsabbedid. Unn wann isch noch länger bei der bleiwe däd, da kennts gud sei, des isch mer de Schnaawel verbrenn. En Gude, Klaa."

Mit ihren Beziehungs- und Nachwuchsplänen, dazu war Erna entschlossen, würde sie bei Che noch ein bisschen hinter dem Berg halten.

Konvent, Kader, Komitees

Die Große Mutter hatte zusammen mit Franziska die Eier geholt. Dann hatten die beiden Frauen angefangen, das Gelände auszumessen. Das einzig Gute war, dass dieses Gelände nach Hugos Erinnerung größer als das vom letzten Sommer war. Dadurch gewann man etwas Zeit. Die Frauen würden zusätzliches Material besorgen müssen.

Vor dem Hühnermobil hatten sich die Hennen aufgereiht.

„Hugo! Hugo!"

Sie warteten darauf, dass Hugo als erster ins Hühnermobil steigen und seinen erhöhten Platz auf dem strohgedeckten Podest einnehmen werde.

Ach, sie würden es schon irgendwann kapieren, dass sie heute Nacht wieder ohne ihn auf der Stange sitzen mussten. Er warf der Hühnerschlange noch einen kurzen Blick zu, dann drehte er sich um und ging zu Karls Rosenquartier. Hugo hörte, wie sich die Hühnerstallklappe schloss.

Nicht lang, dann trudelten Karl und Che ein.

„Ich eröffne die zweite Sitzung des Hahnkomitees zur sachlichen Erörterung der Hühnergesellschafts-Situation mit dem Ziel der Hühnergesellschafts-Veränderung", begann Hugo.

Er hatte gerade seine Präambel beendet, als die dicke Herma hinter Karls Rosenhaus auftauchte.

„Ist ja typisch", meinte sie. „Drei Machos glauben, sie könnten ohne Mitwirkung des weiblichen Geschlechts über die Mehrheit reden, entscheiden und deren Lebensgrundlagen verändern. In welchem Jahrhundert lebt ihr denn?"

„Wenn du gestern nicht so dämlich rumgeeiert hättest, als ich dich zu unserer Konvent-Sitzung einladen wollte, würdest du hier nicht so einen feministischen Eiertanz anfangen müssen. Wie hast du überhaupt Wind von unserem Treffen bekommen?", gab Hugo zurück.

„Für wie dumm hältst du deine Mithühner denn? Du bist jetzt schon den zweiten Abend nicht im Hühnermobil, Hugo, die Hennen werden langsam unruhig. Ja, und deshalb bin ich gekommen. Um den Gründen auf den Grund zu gehen."

Die drei Hähne tauschten einen kurzen Blick aus, dann begann Hugo erneut zu sprechen.

„Ich resümiere die Situation für das neue Komitee-Mitglied. Zur Person des Vortragenden: Ich heiße Hugo und bin fünf Jahre alt. Seit vier Jahren lebe ich bei der Großen Mutter, Frau Bellersheim. Fußend auf letzterem, bin ich damit der einzige Experte, der über einen mehrjährigen Erfahrungshorizont verfügt. Zur Situation: In jedem Frühjahr kauft Frau Bellersheim für das Hühnermobil einen neuen Besatz von Hühnern, die für ihren Eier-Betrieb produzieren, ergo Eier legen. Die Hühner sind somit die Produktivkräfte. In Konsequenz der Tatsache, dass Hühner im Herbst in die Phase des Federkleidwechsels eintreten – die sogenannte ‚Mauser' – und während dieser Phase das Eierlegen einstellen, verzichtet die Große Mutter ab dem Spätherbst eines jeden Jahres auf diese Produktivkräfte."

Hugo trat nach der Situationsbeschreibung von einem Fuß auf den anderen.

„Mid ‚verzischte' maant de Hucho vermudlisch, dass de Hingel im Herbst de Kobb abgeschnidde werd", erklärte Herr Karl, an Herma gewandt.

„Und du hast das gewusst, Hugo, und hast mit der Großen Mutter gemeinsame Sache gemacht, nur um deine eigene Haut zu retten, du Agent, du Kollaborateur!", schrie Herma.

Nach Hermas Anwurf schwiegen alle drei Hähne betreten. Hugo meldete sich als erster wieder zu Wort.

„Sozialisation ist auch für Hühner und Hähne ein Prozess", verteidigte er sich. Nichts bleibt immer so. Deshalb arbeite ich ja unentwegt an Plänen für Reformen, die Flucht der gesamten Hühnerpopulation und eine neue Form des Zusammenlebens aller Mithühner."

Hugo zögerte einen Moment, dann skandierte er:

„Die Farm der Hühner – sie lebe hoch!"

Nach einer bedeutungsschweren Pause fuhr er fort:

„Eine Ergänzung. Heute hat die Große Mutter mit Franziska das Gelände ausgemessen. Das bedeutet, dass, wie im letzten Jahr, als der Habicht uns entdeckt hatte, ein Netz über unserer Wiese ausgebreitet werden wird. Pläne, dem Herbst-Massaker zu entkommen, werden dann zum Scheitern verurteilt sein."

„Ich hätte noch eine Nebenfrage. Was macht man mit unseren kopflosen Leichen?", wollte Che wissen.

„Meglischerweis däd de Groß Mudder disch sogar verschone, Che. De Mistkradzer behalde ja ihne ihrn Federkleid. Awwer wisse kannsde des ned, gelle? Unn zu dere Fraach: Mensche ezze Hingel gern. Se hawwe se zum Frezze gern! Mir wern gekocht oder gebrade, gesalze, gepeffert, se gieße Wein iwwer uns und mache von unserm Saft e Soos."

Alle schwiegen, entsetzt.

„Des is zwar fier uns Hingel ned aagenehm, awwer vergezze mer bei de ganz Sach ned, dass mir aach Wermscher, Käfer unn Schnegge frezze. Isch war in meim frühere Lewe sogar uff Mäus scharf. Unn dene ihrn Pallamend befraje mir ja aach ned, was die dadevon halde due, ned wahr?"

Alle schwiegen, ratlos.

„Eine solch objektivistische, alle Interessenlagen berücksichtigende Beurteilung ist spätkapitalistisch", entschied Che nach einer Weile. „Es ist an uns Hühnern, unsere spezifischen Interessen zu erkennen, parteiisch zu formulieren und ihnen Geltung zu verschaffen."

Er erinnerte sich plötzlich an einige der Phrasen, die Alphonse oft im Munde geführt hatte. Ein bisschen verändert, würden sie passen.

„Freiheit und Gleichheit für alle Hühner! Die Hühnerrechtsglobale erkämpft das Hühnerrecht! Hühner, vereinigt euch!"

Mit den letzten kämpferischen Worten gelang es Che, die Lethargie, in die das Komitee für einen Moment verfallen war, zu durchbrechen. Er hatte sich an die Spitze der Bewegung gesetzt.

„Ich möchte die vor uns liegenden Aufgaben spezifizieren und differenzieren, Hühnergenossin und Genossen! Zunächst bedarf es eines Bildungsfeldzuges, um das Bewusstsein der Hühnermasse in ein revolutionäres umzuwandeln. Erst dann wird die Masse bereit und fähig sein, an der Flucht teilzunehmen und in der neuen Welt die Farm der Hühner aufzubauen. Kein Bildungsfeldzug gelingt allerdings ohne überzeugendes Denksystem. Genossin und Genossen – machen wir uns ans Werk!

„Isch häd da mol e Fraach, Che. Wo willsde dann die Zeid hernemme, die de für dein Bildungsfeldzuch unn des Denksystem braachst? Wann isch de Hucho rischtisch verstanne hab, geht's bei de ganze Sach nur noch um e paar Daach. Unn wann isch de Hingel hier uff dere Wies rischtisch aaschätz, kenne die zwar rischtisch gud Eier leje, awwer rischtisch gud denke kenne die, glaaw isch, ned."

Wieder verstummten alle.

„Herr Alphonse hat immer gesagt, Bildungs-Botschaften fürs gemeine Volk müssen einfach sein. Wenige Worte, die sind eingängig und werden auch von den Allerdümmsten behalten. Ich könnte mir zum Beispiel „Hühner, erwachet!" vorstellen.

Oder das Feindbild kurz und knackig:

„Feder, Flügel gut – Haare, Hände schlecht!", nur so zum Beispiel.

„Bei dene Federwese hasde awwer de Habischt vergezze, gell? Unn dassde immer noch aa dein Herrn Alphonse glaabst, des mecht ein doch e bissie iwwerrasche. Dä had nämlisch gewusst, was disch unner Umständ hier im Herbst erwarde dud. Unn dass dä bei de Groß Mudder von de Gleischheit von alle Hingel schwädzt und dann de Worde ‚dimmste' unn ‚gemein' in de Mund nimmt, des mecht ein doch noch e bissie meh iwwerrasche. Awwer des nur neewebei. Wann de des Denksystem logisch unn stringent hawwe willst, wie de gesacht hast, da missdesde noch e bissie raggere unn e bissie mehr nodenke, maan isch."

Karl war nach diesen Worten offensichtlich so erschöpft, dass er sich auf den Boden fallen ließ und die Flügel spreizte. Hugo, Che und Herma taten es ihm nach.

Die Lagebesprechung wurde von Hugo fortgesetzt.

„Mithühner!"

Er sprach das Wort sehr betont aus, um sich von Ches „Genossin und Genossen" abzusetzen.

„Es ist in den letzten Zeiteinheiten deutlich geworden, welch ungeheures Potential in der Idee der ‚Farm der Hühner' steckt, ein Potential, das nicht durch ein dummes Netz über dieser Wiese für die weltweit viele Milliarden von Hühnern umfassende Hühnergesellschaft verloren gehen darf. Die Organisation und Realisation der Massenflucht in der zur Verfügung stehenden Zeit dürfte schwer zu realisieren sein, denkt man an die Bildungshemmnisse der hier ansässigen Hühnerpopulation. So schwer mir diese Schlussfolgerung auch fällt und so betrüblich dies auch für unsere Mithühner hier ist – ich denke, dass wir als Elite immer auch eine Verpflichtung haben, Ideen und Möglichkeiten für die Veränderung der gesamten Hühnerwelt nicht untergehen zu lassen. Wer an das große Ganze denkt, muss es sich versagen, dummer Hühnerduselei hinterherzuhängen. Die Idee der Farm der Hühner, sie lebe hoch! Unterwerfen wir uns der Pflicht und tragen sie in die ganze Welt!"

Jetzt war der Ball im Feld! Er, Hugo, hatte eine klare und deutliche Ansage gemacht, das Gesetz des Handelns wieder an sich gerissen, das Gelbe vom Ei aus all dem Wortgeklingel befreit! Hugo erhob sich und schlug stolz die Flügel über dem Kopf zusammen.

„Geh uns nicht auf die Eier!"

Herma war aufgestanden und lief jetzt hin und her.

„Was du vorschlägst, ist, wir machen die Flatter und überlassen alle anderen ihrem Schicksal. Na ja", sie drehte sich zu Hugo um, „das ist ja für dich nichts Neues. Hast du schon einige Mal getan, nicht?"

Karl und Che erhoben sich auch.

„Isch däd vorschlaje, mer lazze des Ganze heid Nacht e bissie sagge. Wann mer iwwer was geschlaafe had, siehd mers oft emals e bissie anners. Unn schlaafe, des wär jedzd aach mein Wunsch."

Herr Karl rauschte durch die Rosenbuschzweige davon.

„Das mit der Verpflichtung der Welt gegenüber, das hat mich überzeugt, Hugo", meinte Che.

„Hast du auch private Überlegungen in dem Zusammenhang?", wollte Hugo wissen.

„Wenn die Pflicht ruft, ist das Private zweitrangig. Aber klar, ich muss heute Nacht darüber nachdenken."

Che zog in Richtung von Ernas Rosenhaus davon. Ob Erna dort auf Che wartete?

Herma war schon früher ohne ein weiteres Wort davongegangen.

Nachtgedanken

Am Nachmittag hatte Che zu Erna gesagt:

„Du kannst heute Nacht nicht stundenlang allein im Rosenbusch sitzen. Ich habe nachher einen wichtigen Termin wahrzunehmen. Das dauert. Du gehst heute Nacht ins Hühnerhaus."

Erna saß jetzt genau dort auf der Stange. Sich Befehle erteilen zu lassen, war nicht nach ihrem Geschmack, mochte sie in mancher Hinsicht auch noch auf Wolke sieben schweben. Ob Che wirklich nur an dem Hähne-Treffen teilnehmen wollte? Vielleicht hatte er aber auch ein Rendezvous mit einem anderen Huhn vereinbart? Er war feurig, da wusste man nie, auf welche Gedanken so ein Hahn kam.

Es war für die späte Abendstunde ziemlich laut im Hühnerhaus. Ob die Hühner sich beunruhigten, weil Hugo nicht auf seinem Podest saß? Erna blickte sich um. Liesl saß an ihrem Platz, aber Herma fehlte! Vielleicht hatte Che es auf Herma abgesehen, oder Herma auf Che? Bei solchen Hühnern, wie Herma eins war, da wusste man auch nie.

Sie würde Che auf den Kopf zu fragen, sie wollte wissen, was hier vor sich ging!

Klappe!

Nachdem die Stallklappe sich am nächsten Morgen geöffnet hatte, rannte Erna sofort zu ihrer Rosenwohnung. Sie schob die Zweige etwas zur Seite, der Schöne schlief noch. Ob es klug wäre, ihn zu wecken? Vielleicht würde er sie nervig finden? Sie konnte genauso gut erst einmal Hugo oder Herrn Karl fragen und das Private später mit Che nachholen.

Der dicke Brahma war nirgendwo zu sehen, wahrscheinlich war er nach seiner Frühmorgenrunde schon wieder schlafen gegangen. Aber Hugo stolzierte auf dem Gelände herum.

„Hugo!"

Keine Antwort, Hugo pickte weiter.

„Huugoo?", wiederholte Erna.

„Ja, bitte?" Hugo schien wenig erfreut, sie zu sehen.

„Ich möchte informiert werden! Hier geht etwas vor. Man hält vor uns Hühnern etwas geheim!"

„Du hast mir vor nicht allzu langer Zeit gesagt, du wärst sozusagen minderjährig. Wenn Erwachsene sich unterhalten, müssen Kinder und Jugendliche nicht beteiligt sein."

Sagte es, drehte sich um, ging weiter und ließ eine verblüffte Erna zurück.

Den Herrn Karl musste sie geduldig belagern. Er stand erst aus seiner Kuhle auf, als die Sonne schon längst über den höchsten Punkt am Himmel hinaus war.

„Herr Karl?"

Obwohl der Gockel doch so lange geschlafen hatte, wirkte seine Gegenfrage milde, aber müde.

„Hasde widder was uffm Herzche?"

„Bitte, geben Sie mir eine ehrliche Antwort! Was geht hier vor? Sie treffen sich abends. Was besprechen Sie da?"

„Had de Che dir nix verzählt?"

„Der schweigt sich irgendwie aus."

„Ward bis morje. Unn denk dran, was de selwer gesacht hast: Wer ze viel wisse will, fliejt raus ausm Paradies. En gude Nachmiddach, gell?"

Die beiden Hähne hatten ihr mehr oder weniger durch die Blume gesagt, dass sie ihre Klappe halten sollte.

Erna beschloss, Che nicht mehr zu suchen. Sie würde heute Abend einfach wieder im Hühnermobil verschwinden.

Höchste Zeit!

Hugo hatte die Situation richtig beurteilt. Nach dem Eierholen heute Morgen hatten Franziska und die Große Mutter die ersten Vorbereitungen fürs Netz-Verlegen getroffen. Am Zaun lagen eine ganze Reihe Pfähle, Netzrollen.

„Hoffentlich ist morgen gutes Wetter, dass die Leute ordentlich arbeiten können", hatte Frau Bellersheim gesagt.

Heute Abend musste bei der dritten Komitee-Versammlung alles entschieden werden – und wer flüchten wollte, musste dies heute bei Nacht und Nebel tun. Wenn sich die Klappe nachher geschlossen haben würde – da gab es für die Eingeschlossenen kein Entrinnen mehr. Ab morgen würde die Wiese ein Gefängnis sein.

Ob man die anderen Konvent-Teilnehmer auf die zeitlich drängende Situation hinweisen musste? Vor allem Che? Ach, warum sollte er sich anderer Hühner Köpfe zerbrechen? Wer sich zur Elite zählen wollte, sollte gefälligst selbst nachdenken!

Es würde die schwierige Situation weiter komplizieren, wenn Karl, Herma oder Che noch andere Hühner mitnehmen wollten. Ungerecht wär's sowieso. Die Elitenflucht konnte bei der Wichtigkeit der Ziele gerechtfertigt werden, aber einzelne Hühner auswählen, bevorzugen? Hugo machte sich über solche Fragen aber fast nie Gedanken. Für ihn waren alle Hühner gleich – gleich egal.

Als die Klappe sich geschlossen hatte, versammelten sich die Komitee-Mitglieder vor Karls Busch.

„Ich eröffne die dritte Sitzung des Hühnerkomitees zur sachlichen Erörterung der Hühnergesellschafts-Situation mit dem Ziel der Hühnergesellschafts-Veränderung", begann Hugo. „Es gibt aktuelle Entwicklungen."

Hugo fand, dass ihn die anderen Komitee-Mitglieder auf seine Ankündigung hin ziemlich doof anglotzen. Sie sagten und fragten auch nichts. Was waren das doch für dumme Hühner!

„Ich setze den Konvent im Folgenden auf den neuesten Stand."

Hugo machte eine lange Pause, um die Spannung und damit seine eigene Stellung in der Gruppe zu erhöhen.

„Am heutigen Tage, genauer, nach der Eierholaktion der Großen Mutter am heutigen Tage, haben ihre Begleitung, Franziska, und sie selbst am Zaun der Hühnermobilwiese Pfähle und Netzrollen deponiert. Was schließen wir daraus?"

Hugo machte wieder eine Kunstpause, natürlich war die letzte Frage nur rhetorisch. Wieder glotzten die Komitee-Mithühner.

„Um den Faden aufzunehmen, verehrte Kollegen. Morgen früh wird hier eine Kolonne von Arbeitern anrollen. Die werden Pfähle in den Boden rammen, ein riesiges Netz mit Hämmern und Nägeln an den Pfosten befestigen. Am Ende des morgigen Tages wird dieses Netz über die Hühnermobilwiese gespannt sein. Ein gigantisches Gefängnis, aus dem es kein Entrinnen mehr geben wird! Die eingesperrte Population wird dem Verderben des Herbstmassakers nicht mehr entkommen können. Die Idee der Farm der Hühner wird, mit dem Tode ihrer Schöpfer und Vordenker, vielleicht für immer untergehen."

Jetzt war Hugo von seiner langen Rede so erschöpft, dass er sich fallen ließ und die Flügel spreizte. Die Kollegen taten es ihm gleich. Lagebesprechung.

Nach einer Weile ergriff Hugo erneut das Wort.

„Was folgt daraus?"

Hugo schaute sich interessiert in der Liegerunde um.

„Nun, es gibt nur noch ein einziges Zeitfenster, liebe Kollegin und liebe Kollegen. Wir müssen heute Nacht der Pflicht gehorchen und die intellektuelle Elite dieser Hühnergemeinschaft in Sicherheit bringen! Nur so können wir die Idee retten. Das große Ganze! Es lebe die Farm der Hühner!"

Bei den letzten Sätzen von Hugo waren bereits alle aufgesprungen. Karl ging auf und ab, Herma rannte im Kreis, Che hüpfte und schlug dabei mit den Flügeln.

„Was sagt ihr dazu?", rief Hugo zur Stellungnahme und zur Ordnung auf. Das Komitee nahm wieder Platz.

„Warum hast du uns nicht über alles informiert, Hugo?", meldete sich Che als erster.

„Gehörst du nun zur intellektuellen Elite oder nicht, Che? Dann brauchst du doch keine Denk-Nachhilfe von mir und kannst deine eigenen Schlüsse ziehen. Wenn das Arbeitsmaterial auf der Baustelle liegt, wird als nächstes gearbeitet. Ist doch klar, oder?"

„Ich hätte es trotzdem erwartet. Man hat ja auch private Überlegungen, die man anstellen muss, in solch einem Zusammenhang, nicht?", konterte Che.

„,Wenn die Pflicht ruft, ist das Private zweitrangig.' Das ist Originalton Che von gestern, mein Lieber. Und deshalb gab's für mich keinerlei Veranlassung, dich auf irgendetwas hinzuweisen."

„Ich hatte dir aber auch gesagt, ich wollte in der Nacht darüber nachdenken. Und das habe ich getan. Deshalb: Ohne meine Erna mach ich nichts."

„Dann wirst du die Konsequenzen tragen müssen, Che", stellte Hugo fest.

„Lieber mit Erna sterben als ohne sie leben!", verkündete Che. Alle schauten den jungen Hahn bewundernd an.

„Herma, bitte", forderte Hugo.

„Für mich kommt es heute Nacht auch nicht in Frage", antwortete Herma knapp.

„Hättest du die Güte, deine Entscheidung zu begründen?"

„Es ist euch allen bekannt, dass ich mit Liesl liiert bin. Aber meine Zuneigung ist nur die eine Seite der Sache. Liesl hat so ein schlimmes Schicksal hinter sich. Sie ist fast im Kükenalter mit diesem Otte zwangsverheiratet worden, musste ihn etliche Zeit ertragen. Und das, obwohl sie so veranlagt ist wie ich! Nein, ich lasse sie nicht hier zurück und so jung sterben. Sie hat ja auch noch keine einzige Mauser gehabt. Sie hat etwas Besseres verdient!"

„Mei gud Fraa, des mid dem bezzerez verdient hawwe, des gild doch eijendlisch für de gezamt Populadion uff dere Wies, maansde ned?", schaltete sich Karl in die Diskussion ein.

„ ‚Schlimmes Schicksal', Herma, da lachen ja die Hühner", ergänzte Che. „Was glaubst du denn, wie alt Masthybriden, unsere dicken Schwestern in den Hühnerfarmen, werden? Ich hab's bei meinem Vater gehört, dass die nur ungefähr dreißig Mal die Sonne auf- und untergehen sehen könnten. Aber nicht mal das können sie, weil sie in einer Hühnerfarm ohne Tageslicht leben müssen. Die werden geschlachtet, obwohl sie eigentlich nur fette Küken sind. Und weil sie so unglücklich sind, fressen sie sich oft sogar gegenseitig auf. Das ist Schicksal!"

„Umso wichtiger, liebe Komitee-Mitglieder, ist es, dass, wenn wir die Situation der Hühner mehr generalisierend betrachten, unser Denksystem, unsere Idee ‚Farm der Hühner' nicht mit uns untergeht. Die Hühnerwelt muss von unseren Gedanken Kenntnis bekommen, sie müssen über den ganzen Globus getragen werden. Und deshalb appelliere ich an euch alle: Wir müssen heute Nacht fliehen, sonst geht unsere Utopie von der besseren Hühnerwelt mit uns verloren!"

Hugo klatschte stolz seine Flügel zusammen.

„Isch glaab allerdings, dass de des Wischtischste vergezze hast, Hucho. Wie willsde dann, wann de de ganz Hingelweld mit dere utobische Idee begligge willsd, de Milladde ernähre? Des derft doch ziemlisch schwierisch werde, ned wahr?"

Hugo war für Karls Einwurf sehr dankbar.

„Jeder große Weg beginnt mit einem kleinen Schritt! Genau deshalb plädiere ich ja nicht für die Flucht aller Hühner heute Nacht, weil das unsere Logistik und Ernährungsplanung tatsächlich total überfordern würde und zum Scheitern verurteilt wäre. Insoweit, Karl, stimme ich dir zu. Aber der kleine Schritt, der muss im Sinne unserer aller Ziele getan werden!"

„Du gehst mir echt auf die Eier", sagte Herma. „Hab ich vorhin für die Affen geredet? Ich lasse Liesl nicht allein, basta, da kannst du appellieren und schwadronieren, so viel du willst."

Durch Hermas klare Ansage ermutigt, wiederholte Che:

„Ohne meine Erna mach ich nichts. Sonst immer gern, liebe Genossin und Genossen."

Er drehte sich um und lief zu Ernas Rosenquartier.

„Wer nicht will, der hat schon", sagte Hugo und ging ohne Gruß zu seinem Logis davon. Er hatte Besseres zu tun, als aussichtslose Diskussionen zu führen. Er würde etwas schlafen und sich erholen. Und dann eben seinen Plan allein ausführen.

Die erste gemeinsame Nacht

„Die fest Haldung in dere Angelejenheit had misch orsch beeindruggt, Herma. Wann isch ehrlisch bin, isch hedd der des ned zugedraud:"

„Wenn du wüsstest, Karl. Ich hab kein einziges Ei mehr in der Hose, so viel Angst habe ich. Vor dem Tod und vor allem."

„In unserm Alder hadd meh doch ned meh so ferschderlisch Manschedde vor allem, Herma. Was is dann mid dir los?"

„Karl, du täuscht dich. Ich bin noch total jung. Das hier ist mein erster Sommer. Die haben nur Masthybridengene in mich hineingezüchtet. Und deshalb bin ich so dick wie lang und sehe so alt aus. Ich nehme schon zu, wenn ich Körner und Käfer nur anschaue. Und weil ich so fett bin, humpele ich. Meine Gelenke, weißt du. Und mein Herz macht auch oft schlapp."

„Nä, du liewwer Godd. Des hadd isch uff meim Hingelhoop bei meim Babba alles ned so midgekrijt, was so all in dere Weld vor sisch geht. Awwer – denke mer emol bragtisch unn aa des Nächsdliejende. Mer hawwe für heid Nacht nur mei Quardier hier. Isch däd disch gern oilade, de Nachd mid mir ze verbringe."

„Also, Karl", entrüstete sich Herma, „das hätte ich jetzt nicht von dir gedacht. Gerade erzähle ich dir, dass ich ein junges Huhn bin, und schon willst du mir aufs Gefieder. Steck dir dein unmoralisches Angebot sonstwohin, du dämlicher alter Macho!"

Karl wollte sich nach Hermas Worten halb kaputtlachen. Sein ganzer Körper vibrierte und wackelte, so sehr amüsierte er sich.

„Was gibt's denn da zu lachen?", wollte Herma wissen.

„Isch komm doch ned emol meh nuff uff de Stang, Kindsche. Dere Inderezze, die wo so stagg gewese sinn, wann isch jung war, die sinn längsd verschwunne. Awwer, wann mer in de Nachd wach leit, wann de Gedanke komme, dann hed mer alsemol e Wese, des wo warm is, gern ganz eng neewer sisch. Unn dadeweesche – mei Innladung steht. Isch hed Lust dadezu."

Herma bewegte statt einer Antwort einen Rosenbuschzweig mit ihrem Flügel zur Seite, blickte den alten Gockel an. Karl machte einen ziemlich verunglückten, aber galanten Kratzfuß und ging Herma in den Rosenbusch voran. Sie folgte ihm.

Der Versuch

Hugo hatte eine kurze Zeit schlafen wollen, damit er für das vor ihm Liegende genügend Kraft sammeln konnte. Aber – sein Herz war bang, sein Mut war klein, der Schlaf blieb aus. Du bist ein Leghorn, Hugo. Und Leghörner können nicht so gut fliegen.

Die Große Mutter hatte für das Gelände einen hohen Maschendrahtzaun ausgewählt, den allein zu überwinden, würde also schwierig werden. Von den Rosenbüschen aus zu starten, war sinnlos. Erstens würden die Zweige unter seinem Gewicht zusammensacken und die Rosenbüsche waren zu weit vom Zaun entfernt. Ob er die aufeinandergestapelten Reifen als Startrampe benutzen konnte? Es kam auf einen Versuch an, der Einsatz war immerhin hoch: Leben oder Tod.

Mit dem Mond als Leuchtlaterne schlich Hugo über die Hühnermobilwiese. Auf die Reifen hinaufzukommen, war schwer. Aber die dicke Herma hatte es auch geschafft, dann musste es möglich sein. Nach dem dritten Versuch war Hugo oben. Er machte mehrere Trockenübungen, schlug mit den Flügeln, schüttelte sie aus, brachte sich in Position. Jetzt! Einen Augenblick schwebte Hugo über dem Boden, noch ein paar Flügelschläge, dann würde er in Freiheit und seinem Schicksal entronnen sein.

Hugo landete zehn Hühnerschritte diesseits vom Zaun entfernt auf dem Boden. Weiter fliegen, das schaffte er einfach nicht. Und die Höhe war auch nicht richtig gewesen. Sei realistisch, Hugo. Weitere Versuche sind sinnlos.

Hugo schlich zu seinem Rosenbusch zurück. Er würde sich dreinfinden und ein Hahn sein! Er steckte seinen Kopf unter. Den Versuch war es wert gewesen.

Donnerwetter

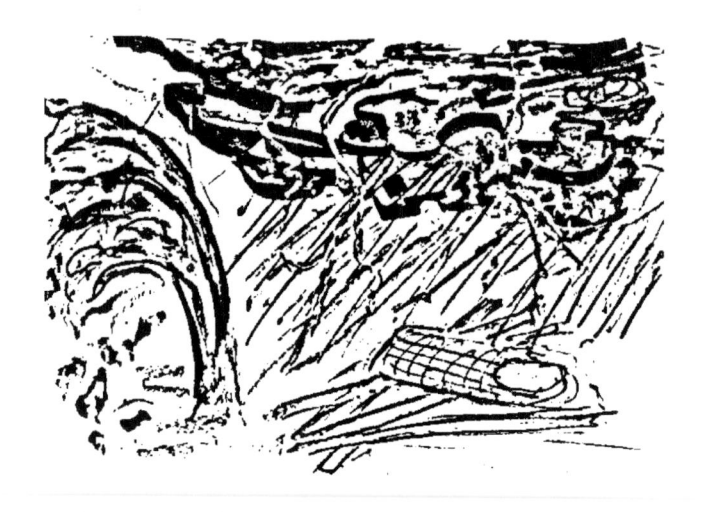

Che wurde in der Nacht wach. Vom Mond war nichts zu sehen, der Himmel rabenschwarz. Lärm, erst dumpfe Schläge in der Ferne, dann ohrenbetäubende in unmittelbarer Nähe. Lichter zuckten in der Höhe und durchbrachen für einen Augenblick die Finsternis. Che fürchtete sich, bei Alphonse hatte er so etwas noch nicht erlebt. Alphonse, ach der. Ein Vater hatte seinen Sohn ans Messer geliefert!

Als die Schläge sich wieder mehr entfernten, setzte Regen ein, trommelte auf den Boden, schlug durch den Rosenbusch und durchnässte Ches Gefieder. Mittlerweile war es heller geworden, der Morgen zog herauf. Der Regen fiel nun weich und stetig auf den wassergetränkten Boden.

„Heh, Che!"

Das war doch Hugo?

„Ist dir klar, was das Wetter zu bedeuten hat?"

Che wollte nicht zugeben, dass er keine Ahnung hatte, was Hugo meinte. Nachhilfe im Denken, das würde er sich aber nicht noch einmal nachsagen lassen.

„Ich kann es mir denken", antwortete er, um Zeit zu gewinnen.

„Und warum springst du dann nicht aus deiner Kuhle und schreist hurra?"

„Ich weiß es doch nicht, was du meinst", gab Che kleinlaut zu.

„Das Wetter beschert uns das Ei des Kolumbus, Che. Wenn es weiter regnet, kommen die Arbeiter nicht! Dann gewinnen wir Zeit und können heute in der Nacht fliehen!"

Jetzt schnellte Che wirklich aus seiner Kuhle. Er stürmte ohne ein weiteres Wort zum Hühnermobil und platzierte sich vor die Klappe.

Erna kam als erste heraus. Als sie Che sah, zögerte sie einen Augenblick, dann stellte sie sich neben ihn.

„Ich muss dir was erzählen", sagte Che.

„Wegen eurem Hähnetreffen oder wegen Herma?"

Che schwieg einen Augenblick, er war durch Ernas Frage verwirrt. Er hatte versprochen, keine Geheimnisse preiszugeben. Trotzdem musste er

Erna überzeugen, heute Abend nicht in den Hühnerstall zu gehen.

„Würdest du überall mit mir hingehen, auch wenn's da vielleicht nicht viel zu fressen gäbe, man kein Hühnerhaus mit Stangen hätte und stattdessen auf Bäumen schlafen müsste?"

Erna antwortete erst nach einer Weile.

„Ich folge dir überall hin, Che. Und wenn es nötig ist, leben wir eben von Luft und der Liebe. Hier können wir sowieso nie eine Familie gründen. Die Große Mutter stiehlt jedem Huhn die Eier. Was Hugo gesagt hat, dass sie die Eier nur kühlt, war nämlich eine Lüge, das weiß ich mittlerweile genau."

„Dann darfst du heute Abend aber nicht ins Hühnerhaus gehen, vergiss das nicht. Geh in deinen Rosenbusch und warte auf mich, ich hole dich ab!"

Che zwickte Erna leicht in den Kamm, krähte ganz lang und ganz laut, dann hüpfte er davon. Er musste der Genossin und den Genossen vom Kader Bescheid geben.

Anders rum

Karl und Herma hatten trotz – oder wegen – der Enge im Rosenquartier sehr gut geschlafen. Der alte Brahma hatte das komische Wetter genau erklärt, so dass Herma keinerlei Furcht gehabt hatte. Beide hatten sich beim Regen aneinander gekuschelt und sich warm gehalten. Jetzt waren sie auf der Frühmorgenrunde.

„Können wir hier herum gehen, ich möchte erst mal bei den Reifen gucken", hatte Herma gesagt.

„Is zwar annerserum als wie sonst, aber moinsweesche", hatte Karl sofort nachgegeben.

Mit „tuck, tuck, tuck" hatte er Herma zu den besten Futterplätzen gelockt und brüderlich mit ihr Würmer und Käfer geteilt. Bei den Reifen hatten sie Hugo und Che getroffen.

„Wenn's weiter regnet", hatte Hugo geflüstert und sich dabei ständig umgeschaut, „heute Abend. Wir treffen uns nach Klappenschluss bei dir, Karl."

Danach hatte sich Herma sofort von Karl verabschiedet.

"Mer sieht sisch", hatte Karl ihr nachgerufen, aber in ihrer Aufregung hatte sie wohl nichts mehr gehört.

Was dem eenen sin Uhl, is dem annern sin Nachtigall

"So ein Mistwetter", sagte Frau Bellersheim zu Franziska, als sie nach dem Füttern der Hühner die Nestwanne durchwühlten.

"Hoffentlich ist es morgen besser. Der Meister hat ganz schön gewettert, als ich die Arbeiter für heute abbestellt habe. ‚Höhere Gewalt', hab ich zu ihm gesagt, ‚gegen die kann man nichts machen. Was glauben Sie, wie's uns pressiert? Der Habicht wartet schon, darauf kann man sich verlassen.' "

"Dem Meister kommen seine Pläne wahrscheinlich durcheinander, deshalb hat er so gemeckert", erwiderte Franziska.

Hugo hatte das Gespräch der beiden Damen belauscht. Er rieb sich die Flügel.

"Meine gnädigen Damen", deklamierte er, "lieben Sie Sprichwörter? Ich verrate Ihnen das erste:

‚Was dem eenen sin Uhl, is dem annern sin Nachtigall.' Und kennen Sie unter Umständen auch Nummer zwei?

‚Nur dem Guten schlägt das Glück der Stunde.' "

Die beiden Frauen schenkten dem Hahn, der sich zu ihren Füßen aufgebaut hatte, aber kaum Beachtung. Sie hatten wohl seinen Vortrag gar nicht gehört. Frau Bellersheim kickte ihn leicht zur Seite.

„Geh aus dem Weg, Hugo", lachte sie.

„Ihr gehorsamer Diener, Frau Bellersheim! Wird heute Abend erledigt. Allerdings wird auf die Vollzugsmeldung unter den gegebenen Umständen verzichtet werden müssen. Guten Tag!"

Hugo hüpfte ein paar Schritte und sah den Frauen, die jetzt ihren Regenschirm aufgespannt hatten, nach.

Karl hatte Hugo nach der kurzen Besprechung heute Morgen ‚en gude Daach' gewünscht. Karls Wunsch, das war Hugo heute Verpflichtung. Realistisch abgeschätzt, würde das Angebot aus der Feder-tragenden Damenwelt zukünftig mehr als bescheiden ausfallen, zumindest in der ersten Zeit. Herma und Liesl, die konnte ein gestandener Hahn nicht wirklich mitzählen. Und Erna – Gott, was die für Vorstellungen hatte! Die musste man wie ein rohes Ei behandeln, und an den Flügel oder sonst wohin durfte man der überhaupt nicht gehen. Es gab eben immer ein Haar in der Suppe. Er würde sich heute noch mal so richtig schadlos halten müssen und die günstigen Angebote nutzen. Und was die Zukunft dieses Punktes betraf, da kam mit der Zeit auch der Rat.

Endstation

Am späten Nachmittag hatte es aufgehört zu regnen und die Sonne war herausgekommen. Nach dem Gewitter und dem Regen war die Luft wunderbar erfrischt, so dass Hugo viele Nasen des Luft-Parfüms eingesogen hatte.

Die Sonne stand jetzt ganz tief. Hugo und Che hatten sich in einiger Entfernung vom Hühnermobil niedergelassen. Sie beobachteten die Hühner, wie sie, eine nach der anderen, ins Hühnermobil hinaufstiegen. So mancher Blick flog zu den beiden Hähnen.

„Wenn's bald vorbei ist, weiß man erst, wie gut's war", meinte Hugo.

„Du bist doch nicht traurig, dass wir hier weggehen?"

Jetzt wusste Hugo endlich, endlich, wie das Wort für das Gefühl hieß, was er gesucht hatte: traurig. Oder Traurig-Sein.

„Nein, nein", versicherte er, „das nicht. Und wir machen es ja auch, weil es unsere Pflicht für die große Idee ist. Aber – wenn man mal vom dicken Ende absieht –, ist diese Hühnerwiese unter den gegebenen Umständen ja eigentlich ein Paradies."

„Aber hier kann man keine Familie gründen, Hugo."

„Na ja, mal ehrlich, Che, das ist uns Hähnen doch eigentlich egal. Uns kommt's doch nicht auf die Küken an, sondern auf das, was vorher stattfindet, stimmt's?"

Che war etwas verlegen, er antwortete nicht.

„Ich gebe aber zu", fuhr Hugo fort, „mit deiner Erna, da hast du natürlich eine tolle Chica erwischt. Ich war am Anfang schwer scharf auf sie, aber sie hat mich nicht rangelassen."

„Ich darf doch sehr bitten, Hugo. Tritt meiner Verlobten nicht zu nahe, wir werden in Kürze heiraten."

„Geübt habt ihr aber schon mal vorher, wenn mich nicht alles täuscht, du Schwerenöter. Meinen Segen habt ihr!"

Die Hühnerschlange war jetzt nur noch kurz. Hugo blickte sehnsüchtig hinüber. Das war ein Abschied für immer. Keine Luise, keine Else, keine Lilo – und Grete auch nicht mehr. Nimmermehr.

„Komm, Che!", sagte Hugo, als die Klappe sich geschlossen hatte.

„Ich hole Erna ab. Bin gleich da."

Che hüpfte davon.

Gute Reise

Karl, Herma und Liesl, Hugo und Che mit Erna saßen auf dem Boden vor Karls Rosenhaus.

„Ich eröffne die letzte Sitzung des Hühnerkomittées zur Vorbereitung der Standortverlegung, die Elite der hiesigen Hühnergesellschaft betreffend", begann Hugo. „Es gibt aktuelle Entwicklungen."

Alle blickten ihn aufmerksam an.

„Ich setze den Konvent im Folgenden auf den neuesten Stand."

„Darf ich vorher etwas fragen?"
Erna war das.

„Nein, in diesem Falle möchte ich von der Möglichkeit zu Zwischenfragen absehen wollen, Erna", entgegnete Hugo. „Du bist heute zum ersten Mal dabei. Wenn man irgendwo neu ist, sollte man zunächst Augen und die Ohren aufsperren, von den Erfahrenen lernen, dann kann man irgendwann auch selbst den Schnabel aufmachen."

„Das, Hugo" und das mit dem ‚naseweis', das hast du schon mal gesagt, am Anfang", gab Erna zurück.

„Siehst du! Wenn man etwas zwei Mal erwähnen muss, ist es besonders wahr. Allerdings – es wäre besser, man müsste nicht alles zwei Mal erklären."

Hugo hatte das in so strengem Ton gesagt, dass Erna verstummte. Mit einem langen Blick auf sie fuhr Hugo fort.

„Um der heutigen Herausforderung gerecht werden zu können, habe ich gestern Abend einen Selbstversuch unternommen."

Hugo schaute Beifall-heischend in die Runde.

„Der Selbstversuch war schwer, anstrengend, hat wichtige Informationen zutage gefördert, die jetzt uns allen zugutekommen werden."

„Geh uns nicht schon wieder auf die Eier, Hugo. Komm stattdessen endlich zu Potte!"

Das war Herma. Liesl lachte.

„Das Problem bei der Überwindung des Zaunes ist, dass außer Che keiner von uns gut fliegen kann. Von den Reifen aus ist es zu weit zum Zaun, und für einen Normalflieger ist auch die Höhe nicht zu schaffen. Ergo: Ich schlage vor, dass wir eine Pyramide bilden. Die schlechtesten Flieger oben, Che ganz unten."

„Isch hädd en annere Vorschlag, Hucho. Abgesehe dadevon, dass mer de Che zerquedsche kennt, so schlank, wie dä iss, solld des diggste unn des größde Hingel, des wär dann isch, unne stehe in de Piramid. Isch haaß ned nur Kall de Groß. Wann de uff mei Schuldern stehsd, hasde schon fast gewonne, däd isch sache."

„Aber du kannst schlecht fliegen, Karl", warf Herma ein.

„Des mecht allweil mei klaanst Sorje sei. Isch hab mer in de vergangene Daach en geheime Plaan iwwerlescht, es werd alles gud."

„Ich habe mir auch schon Gedanken und einen Plan gemacht. Ich bin die zweitdickste, ich stehe auf Karl. Dann haben wir schon eine sehr gute Höhe erreicht", warf Herma ein.

„Unn wie willsde dann flieje könne, Herma?"

„Haben wir doch schon besprochen, Karl, weißt du nicht mehr?"

Karl stutzte einen Moment, dann nickte er Herma zu.

„Also gut, das Fundament ist geschaffen", resümierte Hugo.

„Ich schlage dann folgende Reihenfolge vor: Als dritter Che, darauf ich, dann Liesl und als letzte Erna. Ich bin zwar etwas schwerer, aber die Frauen sind leicht, so dass Che bestimmt nicht zerquetscht wird. Sind alle einverstanden?"

Die Hühner der Runde nickten.

„Es lebe die Farm der Hühner!", skandierte Hugo.

„Hühner aller Länder, vereinigt euch", rief Che.

„Es lebe die Farm der Hühner! Hühner aller Länder, vereinigt euch!", gackerten die anderen.

Hugo setzte sich an die Spitze, Karl, Herma, Liesl, Che und Erna folgten ihm. Zehn Hühnerschritte vom Zaun entfernt stoppte Hugo.

„Wir können nicht ganz nah an den Zaun herangehen. Wenn man dran stößt, tut es weh. Da muss etwas in den Maschen drin sein", erklärte er.

„Bagge mer's aa", sagte Karl und stellte sich unten hin.

„Wie bei den Bremer Stadtmusikanten", flüsterte Erna Che zu.

Herma stieg auf, dann Che, Hugo schaffte es gerade noch hinauf zu hüpfen und das Gleichgewicht zu halten. Liesl und Erna kletterten, krallten sich fest und wurden hinaufgeschoben. Noch ein paar Mal wackelte der Hühnerturm hin und her, dann hatten alle ihr Gleichgewicht gefunden und die Pyramide stand fest.

„Jetzt!", gab Hugo das Kommando.

Erna, Liesl, dann Hugo und Che flatterten über den Zaun.

„Oh, wie herrlich", gluckste Erna, „von dieser Seite ist das Gras viel grüner!"

„Herma, jetzt flieg, du hattest dir doch Gedanken gemacht, hast du gesagt", rief Liesl über den Zaun.

Herma stieg von Karls Schultern herunter. Sie ging ein paar Schritte in Liesls Richtung.

„Komm mal her, Liesl. Ich komme nicht mit. Ich bin viel zu schwach für die Strapazen, die vor euch liegen. Ich humpele, meine Füße schmerzen, mein Herz ist schwach. Aber ich wünsche dir alles Gute. Du kannst es schaffen. Viel Glück!"

Ohne eine Antwort von Liesl abzuwarten, drehte sich Herma um und ging ein paar Schritte davon. Liesl trat von einem Fuß auf den anderen, blickte Herma nach. Aber sie sagte nichts.

Hugo hatte sich so etwas schon gedacht. Er fand die Entwicklung nicht unangenehm. Er warf einen intensiven Blick auf Liesl. Besonders unglücklich sah sie nicht aus, fand er. Und hässlich war sie eigentlich nicht. Und Erfahrung mit Männern hatte sie auch. Vier Neusiedler, zwei männlich, zwei weiblich, eine gute Relation für einen guten Anfang. Hugo war zufrieden.

„Herr Karl, wo bleiben Sie denn? Wir warten doch auf Sie!"

Das rief Erna hinüber.

Jetzt wackelte der alte Hahn auf Erna zu.

„Waasde, Ernasche, in meim Alder, da gründ mer doch kei Familie meh unn da brichd mer aach ned meh zu neue Ufern uff. Isch bin hier ganz zefriere. De Wies is unner de Umständ, die wo gegebbe sinn, fast e Paradies für misch."

„Aber dann können Sie unsere Küken nicht sehen! Che und ich werden doch bald heiraten!"

„Mache mer's uns ned ze schwer, Ernasche, gell? Winsch euch alles Gude, ihr Leud. E gude Reis, ned wahr! Unn de Farm von dere Hühner – die lebe hoch!"

Herr Karl schaukelte ein letztes Mal mit den Flügeln.

„Au revoir!", rief Erna und presste sich an Che.

Karl und Herma gingen, Flügel in Flügel, zurück zu ihrem Rosenquartier.

„Waasde, Hermasche, wann ze uns schon am End ezze due, da wern ze uns ja ned vorher noch leide lazze. Was maansde?"

Herma antwortete nicht. Sie hatte nach oben geschaut und etwas Helles mit Streifen entdeckt. Aber den Hühnervögeln auf dieser Wiese konnte der Habicht ja ab morgen nichts mehr anhaben.

Ende

Zum Danach-Lesen

Das **Motto des Buches** ist dem Schlagertext von H.F. Beckmann (mit der Musik von P. Kreuder) entlehnt: „Ich wollt', ich wär' ein Huhn".

Hühner sind häufig. Auf jeden Erdenbewohner kommen zirka drei von ihnen. Vor etwa zehntausend Jahren begann sich die Hühnerzucht von Asien aus über den gesamten Globus zu verbreiten.

Stammvater für alle Haushühner ist das Bankiva-Huhn, das bis fünfzig Jahre alt werden kann. Seine Legeleistung war und ist allerdings bescheiden, zehn bis zwanzig Eier pro Jahr. Also begann der Mensch schon vor tausenden von Jahren mit der Veränderung, angefangen von ersten Zuchtversuchen bis hin zur genetischen Manipulation heute. Schließlich soll ein Nützling so nützlich wie möglich sein. Heutige Hybridhühner legen nahezu dreihundert Eier im Jahr. Das hat für die Hühner allerdings einen Preis. Nach nur einer Legeperiode, nach der die Eierleistung merklich sinkt, wandern die meisten von ihnen als Suppenhühner in den Kochtopf oder als Tierfutter in die Fabrik, nur wenige schaffen eine zweite Legeperiode. Und würde man ihnen ein Gnadenbrot gewähren, wären sie nach drei bis fünf Jahren ohnehin tot.

Sind die von uns geschätzten Nützlinge wirklich dumme Hühner? Davon ist wohl nicht (mehr) auszugehen. Forschungen der letzten drei Jahrzehnte haben ergeben, dass Hühner klug sind! Neugierig sind sie, schließen Freundschaft, erkennen sich gegenseitig, sie lieben die Nähe des Menschen und besonders die von Kindern. Hühner unterhalten sich, dreißig Verständigungslaute hat man nachgewiesen. Sie können eifersüchtig sein, betrauern den Tod einer Freundin. Man findet unter ihnen ganz unterschiedliche Persönlichkeiten: Vorwitzige oder Zurückhaltende, die Schüchterne und den Draufgänger, Aggressive und Friedfertige. Äußerst liebevoll kümmert sich die Glucke um ihren Nachwuchs. Erstaunlich: Hühner sind offensichtlich ebenso gescheit wie Hunde!

Hund und Huhn werden von uns Menschen allerdings sehr unterschiedlich behandelt. Wer würde seinen Hund essen wollen, wenn er seinem Herrn viele Jahre treu gedient hat? Die Beziehung zwischen Mensch und Tier ist eben widersprüchlich. Tiere werden gehasst oder gefürchtet, wenn sie hässlich oder wenn sie stärker sind als der Mensch, ihn bedrohen können: Wolf, Bär, Löwe, Schlange, Krokodil. Wir lieben sie wegen ihrer Schönheit oder weil sie als Haustiere unsere Gefährten sind. Wir beuten sie aus, wir stehlen ihre Produkte, quälen und essen sie, wenn sie Nutztiere sind. Solange man glaubte, dass Tiere weder Verstand noch Emotionen hätten, brauchte sich der Mensch kein Gewissen zu machen. Je mehr wir aber über die Intelligenz oder die Gefühle von Tieren erfahren, desto schwerer wird es, vor ihren Ansprüchen, Rechten und Qualen die Augen zu verschließen. In Deutschland soll es bereits acht Millionen Veganer und Vegetarier geben, die völlig auf den Verzehr von tierischen Produkten beziehungsweise Fleisch verzichten.

Huhn und Mensch, beide sind Omnivoren, Allesfresser. Hühner werden krank, wenn sie nur Körnerfutter bekommen. Die Wissenschaft hat uns sogar belehrt, dass wir die Entwicklung vom affenähnlichen Wesen zum Homo sapiens ganz wesentlich dem Verzehr von Fleisch zu verdanken haben. Heute haben wir Menschen es allerdings leichter, Nährstoffe und Vitamine auch aus anderen Quellen aufzunehmen.

Schweinebraten und Schnitzel, Lammkotelett und Steak, Coq au vin und Hühnerfrikassee – für immer ade …

?

Isch däd saache ...

*Wann ihr
unz schon
am End
ezze dud,
da werd
ihr unz
ja sischerlisch
ned vorher
noch leide lazze?*

Über die Autorin

Ursula **Luise Link** war viele Jahre Lehrerin für Englisch und Gesellschaftslehre in Friedberg. Sie lebt und arbeitet in Rockenberg in der Wetterau. Sie ist verheiratet, hat eine Tochter und eine Enkelin.

In 2016 veröffentlichte die Autorin drei Bände der Serie „**Erzähl Dir Zeit**".

Im gleichen Jahr erschien die Satire „**Self-Publisher-Blues**".

In den folgenden drei Anthologien war Ursula **Luise Link** Co-Autorin:

„**Unterwegs in Bad Nauheim – eine literarische Spurensuche**", 2016

„**Unterwegs in der Wetterau. Eine literarische Spurensuche**", 2017

„**Fantastische Landschaften: Die Wetterau**", 2017

In 2018 erscheint
„**Sie wollen ein Buch schreiben?**
Begriffe, Beispiele, Praxis für Erzählbegeisterte"

Über die Illustratorin

Doris Bauer hat viele Jahre als Lehrerin für Sport und Musik in Friedberg gearbeitet. 2005 entdeckte sie die Malerei für sich und bildete sich regelmäßig im **Atelier Hohmann in Limeshain** und auf vielen Seminaren und Workshops weiter.

Ihr Schwerpunkt ist die Aquarellmalerei. Sie experimentiert aber auch gerne mit Mischtechniken auf Holz und Leinwand und hat mit viel Freude die Illustrationen zu diesem Buch erstellt.

Ihre Arbeiten waren und sind auf vielen **Gruppen- und Einzelausstellungen** im **Kloster Arnsburg** bei Lich, in **Johannisberg/Rheingau, Lauterbach, Friedberg, Gelnhausen, Karben** und auf Kunsthandwerkermärkten in Niddatal und Nidderau zu sehen.

Doris Bauer lebt in Assenheim. Sie ist verheiratet, hat eine Tochter und drei Enkelkinder.